카니발

조동범 시집

문학동네시인선 010 조동범

카니발

시인의 말

축제의 날들 위에서 당신은 눈물을 흘린다. 축제는 풍요롭고 행복하지만 당신은 축제의 행렬 밖에 놓인 죽음을 목도하고 어느새 경악한다. 죽음은 거리와 놀이공원, 국경과 가자(Gaza), 어느 곳에나 즐비하다. 그러나 정작 죽음은 두려움의 대상이 아닐지도 모른다. 진열된 죽음 앞에 무감각한 모든 일상이야말로 두려움의 대상이다. 이 시집에는 개인적으로 인연이 있는 두 개의 죽음이 담겨 있다. 「산청」과 「송성일」이 그것이다. 그들의 명복을 빈다.

2011년 가을

조동범

차례

2부

3부

4부

1부

완벽하게 재현된 기적 앞에서
세계의 모든 반어와 역설은 은밀하게 외로웠다

전원(田園)

목책에 매달린 손이 몸통을 잃고 흐느끼고 있다
남겨진 손은
사라진 몸통을 애써 더듬어보지만
일몰은 아름답고 목책은 견고했다
목책에 매달린 손을 바라보며 죽은 새 한 마리가 무심하게 날아가기도 했다

바람이 불고 석양이 다가왔다
석양을 배경으로, 목책이 있고 초원이 출렁였다
남겨진 손의 단면은 선홍빛 절망을 떠올렸지만, 초원은 몸통을 잃어버린 손을 말리며
무심한 건기를 지나고 있다
손의 끝이 잠시 움직인 듯도 하였으나

잘려나간 단면 가득
오래된 나이테 선명했으므로
누구도 그것이 남겨진 손이라 생각하지 못했다
바람이 불고 석양이 다가왔다
햇살은 따사롭고 바람은 감미로웠다
노래하는 목동도, 한가로이 풀을 뜯는 가축도 없었지만

모든 것은 완벽했다

몸통의 역사를 증거하지 못한 손이 다만
목책에 매달려
선홍빛 바람과 죽은 새의 무심한 궤적을
무수히 견딜 뿐이었다

검은 TV와 신문의 날들

사무실을 나서는 남자의 어깨 위로
늙은 개와 썩은 생선 통조림으로 가득한 죽은 나무의 거리가 피어오른다.
남자는 가방을 든 채,
하수구를 향해 맹렬히 쏟아지는 썩은 생선을 바라보고 있다.
뻥 뚫린 생선의 주둥이는 죽은 나무의 가지에 걸려 몸속의 내장을 게워내고 있다.
남자의 신발 속으로 생선의 내장이 비릿하게 들어선다.
남자의 가방은 썩은 생선의 대가리로 가득 찬다.
말라죽은 나무와 썩은 생선의 거리를 지나 남자는
검은 버스를 타고 검은 구두의 집으로 돌아간다. 집으로 돌아가는 남자를 바라보며 늙은 개는 더러운 밤을 뒤적인다.
남자는 검은 전등을 켜고 검은 샤워를 하고 어둡고 오래된 냉장고의 식욕 속으로 걸어들어간다. 남자의 식사가 검은 전등불 아래에서 검게 빛난다.
남자는 검은 커튼을 치고 검은 TV를 켠 채 오래되고 익숙한 검은 날의 밤을 맞이한다.
남자의 검은 밤이 무수히 지나간다.
남자는 여전히 늙은 개와 썩은 생선 통조림으로 가득한 거리를 지나
검은 구두의 집으로 돌아간다.
남자의 식탁은 어둡고 오래된 냉장고의 식욕으로 빛났지만 누구도 검은 전등불 아래에서의 식사를 본 사람은 없었다.
남자의 검은 밤과 검은 낮이, 무수히 지나간다.
남자의 검은 TV는 언제나 켜 있고

검은 구두의 현관 앞은 검은 신문으로 넘쳐흐른다.

검은 신문에서 검은 활자가 쏟아졌지만 아무도 그것을 본 사람은 없었다.

검은 현관이 열리는 것을 본 사람도 없었다. 썩은 생선이 담긴 남자의 가방이 검은 구두의 현관으로 들어서는 듯도 했지만 그것의 냄새를 맡은 사람 역시 없었다.

검은 구두의 현관 너머에선 언제나
검은 TV의
검은 노래와
검은 코미디와
검은 쇼가
쉬지 않고 새어나왔다.

검은 TV와 신문이 도래한 날들이 시작되었다.

걸스카우트

겨울이 가고 봄이 왔어요
엄마
구름은 젖은 그늘을 만들며 흘러가고 야영지는 낯선 별들로 가득했지요
어린 소녀들은 저마다 머리카락을 풀어 숲의 그늘을 더듬고, 깊은 산의 골짜기는 한없는 그늘 속으로 사라졌어요
엄마
야영지의 설레는 첫번째 밤이에요
수액이 된 흰 눈이 저마다 서글픈
꽃잎을 길어올리는 소리가 들리는 밤이에요
산은 깊고, 거대한 소문처럼
숲의 어둠은 은밀하고 매혹적이었어요
소녀들은 눈물을 흘리며, 구름이 만든 그늘을 따라 입산했고요
골짜기의 그늘 속으로 사라진 몇몇은
새 학기가 다가와도 하산하지 않았어요
야영지의 밤은 깊어만 가고, 사라진 소녀들은 쉽게 잊혔어요
봉우리마다 옮겨붙은 불길은
환하게 야영지의 어둠을 밝히고 있었고요
소녀들은 불길 속의,
놀랍도록 늙어버린 엄마들을 바라보며 경악했어요

불길 속의 엄마들은 비명을 지르며
소녀들을 향해 맹렬히 쏟아졌어요
소녀들의 온몸을 관통해
생을 다한 별자리가 사라지고 있군요
야영지의 밤은 잊을래요
돌아오지 않는 소녀들의 이야기도 잊을래요
엄마의 이야기가 밤새도록 들려오는,
놀랍도록 무서운
야영지의 밤이니까요
놀랍도록 두려운
나는 아직 걸스카우트니까요

울고 있는 빅브라더

포켓에 손을 넣자
빅브라더의 한 줌 사랑과 이별이 수런거렸다. 한 줌의 사랑과 이별을 손바닥 위에 올려놓고
빅브라더는 눈물을 흘렸다.
영원히 사랑했어요.
빅브라더의 여자는 모든 것을 알고 있었다는 듯 말이 없다.
빅브라더의 사랑은 어떠한 상징도, 어떠한 은유도 없었다.
만개한 빅브라더의 사랑이 팝콘처럼 터지는 봄이었다. 빅브라더의 사랑은 단단한 가방에 숨겨졌지만
누구나 그것이 빅브라더의 사랑이라는 것을 알고 있었다.
빅브라더의 사랑은
도끼로 찍을 필요도, 열쇠공을 부를 필요도 없었다. 모든 것은 명백했다.
어느덧 빅브라더의 가방은 사랑이 슬픔으로 치환되었다.
사람들은 모두 고개를 끄덕였다.
빅브라더의 슬픔은 우리 모두의 슬픔은 아니었지만
그것은 변함없이 빅브라더의 슬픔이었다.
열쇠공을 부를 필요도 없이
그것이 슬픔이라는 것은 명백했다. 빅브라더의 사랑과 슬픔이 입을 모아 *사랑과 슬픔!*을 외쳤다.
삼류 영화처럼 빅브라더의 사랑과 슬픔이 추억되었지만 누구도 빅브라더의 사랑과 슬픔 따위에 관심을 기울이지 않았다.
습관처럼 빅브라더의 사랑과 슬픔이 전시된 봄이었다.

팝콘처럼! 습관처럼! 상투적인 직유의 봄이었다.

자동차가 질주하고 바람에 나뭇잎이 나부끼는 봄이었다.

너와 내가, 혹은 나와 네가 어깨를 부딪치며 성큼성큼 일상의 모서리에 서 있는 봄이었다.

하늘을 가르는 비행기와 구름의 궤적을 바라보는 봄이었고

햇살이 따사로운, 말랑하고 행복한 봄이었다.

빅브라더의 사랑과 슬픔이 선명하게 전시된 어느 봄이었다. 사랑과 슬픔마저도 빅브라더의 가방에 담겨

빅브라더의 사랑과 슬픔이 된,

빅브라더의

명백한 사랑과 슬픔의 어느 봄이었다.

행복한 산책 풀코스 이용법

그는 세상의 유일한 산책 전문가.
그가 판매하는 코스는 즐거운 명랑과 행복한 득도로 가득하지. 그는
세상의 유일한 산책 전문가. 그와 함께하는 산책을 위해 세상의 모든 휴일은 바쳐지지.
산책을 위한 신발과 산책을 위한 복장이 개발되고
행복한 산책에 이르는 길은 간단하고 편리하게 주문할 수 있지. 당신은
산책의 행복한 코스를 선택하고
명랑한 산책용 신발이나 득도용 산책 신발을 주문하면 그만이지. 그는
세상의 유일한 산책 전문가.
그의 코스는 언제나
아름답고 언제나 행복하고 언제나 철학적이지.
산책에도 철학이 있음을
그는 증명했지. 산책을 위해 제작된 코스와 신발을 따라
새로운 철학에 이를 수 있다는 그의 주장은 거룩했지.
세상의 유일한 산책 전문가 그는
완벽하게 세팅된 산책 코스를 증거했지.
세상은 온통 산책 애호가로 넘쳐났고 모든 것은 산책을 통해
유익한 결실을 맞이했지. 그는
세상의 유일한 산책 전문가.

현대인을 위해 특별히 제작된 산책 코스에는
심오한 사유와 안락한 휴식이 치밀하고 경이롭게 마련되지.
세상의 모든 길은 만들어진 산책을 위해 존재하지. 그는
세상의 유일한 산책 전문가.
그가 만들어낸 코스를 따라 세상의 모든 산책과 모든 행복은 돌고 돌지. 한 치의 오차도 없이
모든 것은 명료하고 모든 것은 아름답지.
세상의, 그 모든 것은

차력사

달이 뜨면 당신은 외로웠다
조악한 차력과 댄서들의 순정이 뭉게뭉게 피어오르는 밤이면
무기력한 평화는 어느새
주체할 수 없는 외로움에 몸을 떨곤 하였다
골목마다 비열한 고양이들의 그림자가 넘쳐났고
환풍기를 따라, 더러운 무관심은 오래도록 잊혔다

차력의 순간은 반어와 역설을 호명하며,
엄숙하고 진지했다
당신을 둘러싼 댄스홀의 모든 반어와 역설 앞에서, 당신은
스스로 반어와 역설이 되어갔다
댄스홀의 사랑,과 평화,를 경배하며
차력의 순간은 오로지
진지한 급소만을 떠올리기로 했다
주체할 수 없는 차력의 절정은
참된 복음만을 전파했다
댄스홀의 함성이 뜨겁게 달아올랐다

예수는 부활했고
교회는 명랑했다

삼류 댄스홀의 영원한 전지전능,
완벽하게 재현된 기적 앞에서
세계의 모든 반어와 역설은 은밀하게 외로웠다

당신의 힘은 진실이었을까
누구도 신뢰하지 않는 힘은 누구에게나 진실이기도 했다
당신을 관통하던 힘은 고단했고
어쩌면 당신은
급소를 앞에 두고 잠시
망설였는지도 모른다

당신을 향해 맹렬한 힘이 도착했지만
당신의 허공은 안전했으므로
차력의 밤은 깊어만 갔다
수많은 당신들의 힘은 진실이었을까

당신은 눈물을 흘리고,
반어와 역설들 앞에서 당신은

세계의 모든 신파가 되어갔다

댄스홀은 진실한 허구로 가득했고
댄서들은
찬란한 불빛 아래에서만 눈물을 흘리며
영원히 아름다웠다

저수지

여자가 떠오른 것은 저물녘의 마지막 순간이었다.

여자가 떠오른 순간 파문이 일었고, 파문을 따라 해넘이의 붉은빛이 넘실댔다.

여자가 떠오른 것은 바람이 잔잔해진 적막 속에서였다. 다시 바람이 불었고, 바람을 따라 산 그림자가 서늘하게 내려앉았다.

여자의 등은 단호하게 하늘을 향하고 있다.

등을 돌린 채, 저수지의 바닥을 바라보고 있다. 바닥의, 깊은 어둠을 굽어보고 있다. 어둠을 훑는 여자의 시선을 따라

저물녘의 마지막 순간이 사라진다.

여자는 무엇을 놓고 왔는지, 하염없이

저수지의 바닥을 바라보고 있다. 마지막까지 바라보아야 할 것이 있던 것인지, 여자의 시선은

처연히 어둠을 헤집고 있다. 창백한 어둠 속에 시선을 풀어

눈물을 뚝뚝, 흘리고 있다.

쏟아지는 눈물을 닦지도 못하고,

여자의 양팔은 저수지의 바닥을 향해 있다. 무엇을 잡으려 했는지, 무엇을 건지려 했는지.

뻗은 손의 끝은 힘없이 굽어 있고

수초처럼, 여자의 팔이 느리게 흔들렸다.

여자의 신발이 발견되었다고도 하고, 여자의 목걸이가 발견되었다고도 했다. 저수지를 향하던 여자의 발자국을 따라 풀이 눕기도 하고 그녀의 구두가 남긴 무늬를 따라 숲의 어둠이 들어섰다고도 했다. 저물녘의 마지막 순간과 해넘이의 산 그림자가 사라지는 계절이었다.

아직, 눈을 감지 못한 것인지, 지금도 여자는

소년소녀합창단

소년 소녀는 노래를 불러요.
소년의 성대에서는 고름이 흐르고 소녀의 성기에서는 검붉은 피가 허벅지를 따라 비릿해요.
소녀들의 가슴은 부풀고요. 소년들은 보름달을 바라보며 잃어버린 신화를 추억해요.
순백의 합창복은 성스럽게 신들을 호명해요.
우리들의 합창을 따라 당신들의 영혼은 순결해지고요.
모든 도시와 국가마다 소년소녀합창단의 노래는 눈물을 흘려요.
수많은 당신들은 이윽고 소년과 소녀가 만들어내는 화음에 귀 기울여요. 소년과 소녀의 화음은 불길한 신화와 전설로 가득해요.
바다 너머로부터 더러운 피의 이야기가 전해지고, 순백의 합창을 따라 모든 영혼은 순교의 피를 바쳐요.
해안가로 밀려든 향유고래는 스스로 거대한 무덤이 되어가고요.
밀려오는 파도를 따라 바다의 불길한 전설이 해안가를 물들여요.
목소리를 드높여 노래해야 해요.
리듬과 화음을 만들어 고래의 죽음은 애도되고, 거대한 무덤 위로 죽어버린 신들이 지는 해를 뚝뚝 흘리고 있어요.
수많은 당신들은 이윽고 눈물을 흘려요.
제복을 입은 화음을 따라 여전히 소년의 고름은 흐르고, 소녀의 검붉은 피는 불온하게 찬란을 속삭여요.
성스럽고 깊은, 밤과 낮이 피로 물들며 소년소녀합창단의 제복 위로 순결을 강제해요.
비행기를 따라 구름의 궤적이 피를 흘리면 합창의 날은 그러나 축복이에요.
소년소녀 합창 지침을 따라 소년들은 비굴하고 소녀들은 더러워요.
소년들의 성대는 돌이킬 수 없는 고름으로 가득하고, 소년들의 손을 잡고 어느새 소녀들의 가슴은 부풀어요.
향유고래의 거대한 무덤이 지는 해를 삼키며
최초의 모든 것들을 노래하고,
최후의 모든 전설과 신화는
볼온한 화음을 향해 눈물을 흘리며
서서히 소멸에 이르러요.

유려한 문장

당신의 문장을 따라가면
언제나 진리이고 언제나 진실인 아름다운 문장의 세계에 다가설 수 있지
당신의 교수법은 완벽한 문장을 향해 변함없이 정통하고,
당신은 촉망받는 교수이므로
당신의 모든 문장은 세계의 모든 진실을 표현할 수 있다고 전해지지
노트마다 당신의 문장을 위한 여백이 배려되고
그곳에 남겨질 말들은 이미 예비되어 있지
유려한 당신의 문장마다
당신의 A는 언제나 변함없이 A만을 말하고
당신의 B 역시 변함없는 B만을 이야기하지
진실은 견고하고 어떠한 여지도 허락되지 않지
필기구를 쥔 당신의 손이 유려한 궤적 위에 또 하나의 세계를 만들면
모든 진실은 당신의 궤적을 따라 더욱 견고해지지
쓰인 모든 것은 엄숙이며 그것이 곧 거룩한 경전이지
모든 밤은 당신의 문장을 경배하고, 계곡마다 전설은 더이상 흐느끼지 못하고 사라지지
쓰이지 않은 문장들을 신뢰할 수 있는 날들은 요원하고
소설가와 시인들의 문장들은 비문 위로 비로소 잊히지
무덤을 향해 한 점 폐허가 되는 우리들의 문장은 서글프게 아름답지

당신의 문장을 얻기 위해 사람들은
밤하늘과 별의 문장을 다만 음각하지
세계의 모든 바다와 우주를 지향하는 당신의 문장에 경탄하며
잊힌 과거와 전설은 더이상 기억될 수 없지
계곡에서 이따금
사라진 호랑이의 유장한 울음이 들려왔지만 그것은 한낱 오래된 전설이었지
당신의 유려한 문장만이 다만 진실했고
비문 위에 음각된 소설가와 시인들의 문장들은
드디어
소멸만이 곧 진실인,
세계의 모든 소멸에 이르기 시작했지

퍼레이드

그가 등장하자
시민들이 열광했다
그의 모습을 보기 위해
도시의 모든 시민들이 거리로 쏟아져나왔다
퍼레이드 카에 올라탄 그를 향해
시민들의 손이 만국기처럼 펄럭였다
시민들의 손은
물고기의 거대한 무리처럼
질서정연하게 반짝였다

장갑을 낀 그의 손이
시민들의 환호에 답하며 퍼레이드를 지휘했다
저격수는 퍼레이드를 향해 총신을 겨누고는 말이 없다
퍼레이드의 큰북이 햇살을 퉁겨
빌딩을 향해 날아가는 순간에도
저격수의 총신은 예리하게
그의 심장을 더듬었다

그가 등장하자
열광한 시민들은 그를 보기 위해
빌딩의 외벽을 기어오르기도 했다
시민들이 깨뜨린 가로등이
아스팔트 위에 날카롭게 꽂혔다
가로등의 깨진 불빛을 밟고
열광한 시민들은 퍼레이드를 향해 달려갔다
경호원들이 시민들을 제지했지만,
역부족이었다
퍼레이드가 잠시 멈추었다
그래도 큰북은 퍼레이드 위를 쉬지 않고 뛰어다녔고
색종이는 여전히 눈부시게 하늘을 가렸다

시민들의 손에 들린 만국기가
저격수의 시야를 가렸다
공중을 향해 색종이가 아름다웠다
퍼레이드가
지나가고 있다

시민들이 열광하자
퍼레이드는 핏빛 흥분으로 가득 찼다

저격수는 총신을 겨누고 말이 없다
저격수의 눈빛이 총신에 걸린 색종이를 따라 움직였다
퍼레이드는 안전하고 평화롭게,
행진을 하고 있다

총신이 호흡을 멈춘 순간을 향해,
뚜벅뚜벅

퍼레이드가 지나갔다

유령

유령이 나타났다
유령은 지하주차장의 어둠을 뚫고 서서히, 오래된 적막강산을 드러냈다
유령은 세련된 슈트를 입고 있었으므로 누구도 유령을 유령이라 생각하지 못했다
순백의 셔츠는 빛이 났고 매끈하게 빗어 넘긴 머리카락은 한없이 단정했다

유령이 나타났다
정갈한 구두와, 구두의 단호하고 명징한 소리와 함께, 유령이
나타났다
잠들지 못한 몇몇 사람이 깨어 있었지만 누구도 유령을 눈치 채지 못했다
유령을 따라 밤의 마지막과 새벽의 시작이 서성댔다
유령은
흔적도 없이 이 마을에서 저 마을로
이 세계에서 저 세계로 나타났다 사라지곤 했지만
누구도 유령을 본 사람은 없었다

유령이 나타났다
유령이 나타난 것은 하현과 상현을 가르는 그믐이었다
그믐의 이십사 시 햄버거 하우스에 앉아

유령은
햄버거를 먹고, 음악을 듣고, 천천히 햄버거 하우스의 이 층 계단을 내려와
신도시의 중심을 향해 걸어갔다
지하도를 지나, 횡단보도의 푸른 신호등을 지나,
이십사 시 불가마와 이십사 시 감자탕을 지나,
유령은
이 세계에서 저 세계로 이동중이었고……

사고가 있었다

길을 건너던 유령의 머리에서 천천히 피가 흘러나왔다
유령의 다리가 무섭고 고요하게 떨렸지만
유령은 슈트를 입고 있었으므로 숨을 거두기까지 누구도 유령을 본 사람은 없었다
몇 장의 현장 채증 사진과
도로 위에 단단하게 그어진 순백의 흔적이 선명했지만
그것은 이내 전설이 되어갈 뿐이었다

지하 역사의 불이 켜지고 가로등이 소등되었다
지난밤의 유령은 어느 곳에도 명백하지 않았다
평범한 사건과 평범한 사고가 이어졌고
무수히 많은 슈트와 구두가 도시를 뒤덮었다

유령이 숨을 거두었다는 소문이 돌았지만 유령은 도처에서 나타났고
또 나타났다

여전히 유령을 본 사람은 없었고
유령을 보려 한 사람 역시 없었지만

햄버거 하우스 이 층 창가에 앉아
피를 흘리며 햄버거를 먹고 있는
유령이,
유령이, 나타났다

즐거운 드라이빙 테크닉 스쿨

당신은 피를 흘리고,
다만 운이 없을 뿐이었다. 무엇을 말하려 했을까. 당신의 눈은. 당신의
손은 아직도 속도의 매혹을 놓지 못하고 있을까.
피해야 할 마지막을 향해 당신의 온 생은 멈춰 있고 이탈한 궤적을 따라 속도는 간 데 없다. 당신은
마지막 속도 앞에서 엄숙해진다.
이탈한 서킷*의 한순간이 당신의 속도 앞에 멈춘 채 흐느끼지만 당신은 애써 외면한다.
당신의 속도가 절정과 매혹을 향해 손을 내민다. *다만 운이 없었을 뿐이었는가*
라고, 당신은 문득 반문한다.
당신의 불운 위로 멈추어버린 속도가 고요히 내려앉는다. 속도에 파묻힌 당신의 불운은
거대한 무덤이 된다.
당신은 피를 흘리고 있고. *그것은 불운이었을 뿐!*이라는 당신의 생각에는 변함이 없다.
당신은 불길 속에 있고. *아직은 견딜 만하다*고 생각한다.
타오르는 속도가 오감을 열어 절정의 한순간을 보여준다.
*인생*이라고 당신은 말을 한다.
슬픔이라고도 당신은 말을 한다.
*찬란*이라고도 당신은 말을 한다.
즐거운 드라이빙 테크닉 스쿨 아래에서 당신은, 숨을 거두고 있다.
당신은 무엇을 배웠을까. 당신을 바라보는 미캐닉**의 탄성과 경악이

느리고 고요하게 움직인다. 당신은
무엇을 배웠을까.
당신의 슈트에서 떨어지는 속도가 느리게 숨을 거두고 있었다. 당신은,
당신은 과연
무엇을 배웠을까. 즐거운
드라이빙 테크닉 스쿨
당신은 과연

* 자동차 경주용 도로.
** 자동차 경주에서 차량의 정비 등을 담당하는 요원.

오늘의 요리

당신의 손끝에 불길이 일어요. 절제된 불길은 치밀하고요. 불길의 사라진 공중마다
알맞은 온도와, 섬세하게 처리된 식욕이 아름다워요.
모든 것은 뜨거움이에요. 불길의 매혹을 들키지 않기 위해
당신의 손길은 비밀스러워요. 적당히 익힌 식욕은 아름답고요. 한 점 티끌도 없는 접시 위에
알맞게 조리된 허기가 담겨요.

당신의 손끝을 따라 식욕은
질서정연하지요. 접시마다 가축들의 발굽이 뛰어놀고요. 풀밭 위에는 더이상 비가 내리지 않아요.
저 푸른 초원마다 들불이 한창이고요. 메마른 초지 위의 가축들은
불길에 사로잡혀 행복하게 물을 마시고 있어요. 바람을 따라 들불은
세상의 끝까지 타오르고요. 당신의 감각은 절묘하게 계량되어, 한 치의 오차도 없어요. 모든 것은
당신의 손끝에서 결정되지요.
당신이 펼쳐놓은 식욕에는 없는 것이 없어요. 세계의 평화와 여배우의 죽음까지, 당신의 손은
모든 것을 결정지어요. 정직하게 세팅된 식탁 위로는 온몸으로 전율하는 오감이 치를 떨어요. 모든 것은 공식이고요.
당신의 정직한 레시피와 치밀하게 계산된 감각에 감사드려요. 식욕은 정직하고

세상은 탐스러운 가축들로 넘쳐나지요. 저 푸른 초원 위의 그림 같은 황혼이
일요일 오후처럼 고즈넉하지요. 메마른 초지마다

머리만 남은 가축들이 풀을 뜯고 있어요. 가축들의 긴 혀가 초지에 박혀 신선한 피를 흘리며 뿌리를 뻗어요.
가축들의 살찐 몸통은 하루 종일
지는 해를 기다리고 있어요. 지는 해는 온몸에 칼을 품고 선홍빛 울음을 터뜨리네요.

세상은 푸른 초원으로 넘쳐나고요.
우리들의 모든 식욕은 세계의 평화를 위해 복무하지요.
아름다워요.
당신의 손끝과 우리들의 식욕은. 아름다워요.
구름 아래 펼쳐진 싱그러운 식단과
온몸에 칼을 품고 바람을 벼리는 선홍빛 해의 울음은.

보이스카우트

소년들의 수염이 무성하게 자라났다.
하룻밤 사이에 소년들의 변성기가 지나갔고 성기에선 고름이 흘러나왔다. 군락을 이룬 캠프 위로 태양이 열을 지어 떠올랐다.
수없이 많은 오늘을 향해, 어제와 똑같은 아침이 밝았다.
까마귀 떼가 불길한 날개를 펼쳐 캠프를 배회했다. 어둠이 새어나오는 숲의 너머는 되돌릴 수 없는 미지였고
소년들의 수염은 연약한 살갗을 뚫고 피를 흘렸다. 자라지 않는 성기를 중심으로 음모가 무성했다. 숲의 너머는 알 수 없었지만, 교본을 따라
소년들은 매듭을 엮으며 언제나 무사했다. 식판 가득한
소년들의 식욕은 즐거운 하루를 남김없이 마무리했다.
열을 지어 태양이 타올랐고
열을 지어 강물이 흘러갔다.
캠프파이어의 불꽃을 바라보며 소년들은
교본을 따라 한 명의 낙오자도 없었다. 소년들의 수염은 피를 흘리며 자랐지만 캠프는 안전했고 제복은 완강했다. 제복을 입은 소년들의 야영이
거대한 숲속에서 안온했다.
야영은 즐겁고 행복했으니, 숲의 적막은 누구에게도 들리지 않았다.
제복을 입은 소년들의 성기가 그저
무성한 숲의 경악을 향해
창백하고 무뚝뚝하게 달려가고 있었다.

정물

그의 시신이 발견된 곳은 고속도로였다. 그를 처음 발견한 운전자는 피할 겨를도 없이 그의 죽음 위를 지나쳐야 했다고 말했다. 새파란 소름 위로 그의 죽음이 지나갔다. 눈 내리는 크리스마스 위로 쏟아지는 피가 배수구 속으로 따뜻하게 흘러내리고 있었다. 하반신이 잘린 채였고 그의 마지막 시선은 내리는 눈발 너머의 막막한 우주를 바라보고 있었다. 그의 잘린 몸통 안으로, 쏟아지는 눈발과 함께 우주가 들어서는 날의 어느 밤이었다. 커브를 돌자 그가 누워 있었다고, 그를 처음 발견한 운전자가 말했다. 눈 내리는 날이었고 다만 운이 없었을 뿐이었다고도 했다. 눈발은 흩날리고, 흩날리던 눈발이 고요히 붉게 젖었다. 배수구로 쏟아지는 피가 무력무력 흘러갔고 그만큼의 우주가 그의 안으로 들어섰다. 하나의 죽음이 눈발에 덮이는 날이었다. 신화와 전설이 사라진 날의 일이었고 크리스마스 캐럴이 행복하게 울려퍼지는 날들의 일이었다. 그의 안으로 들어선 우주가 눈 속에 묻혀 서서히 얼어붙는 날의 일이기도 했다. 단단하게 부여잡은 그의 손에 몇 올의 머리카락과 소량의 혈흔이 발견된 날의 일이기도 했다. 그의 눈 속으로 눈이 내리고, 그가 마지막으로 바라본 눈발 너머로부터 아득하고 막막한 우주가 무심하게 쏟아지는 날의 일이었다. 우주를 향해, 사라진 그의 하반신이 서글프게 들어서는 어느 날의 일이었다.

2부

타오르는 상여를 뒤로하고 밥을 먹고
타오르는 상여를 뒤로하고 눈물을 닦고
타오르는 상여를 뒤로하고 집으로 가는
7월이었다

절멸의 시간

고래의 숨이 간간이 수면을 어루만졌다
절멸의 날을 떠올리며 고래는
극점을 향해
오래된 빙점처럼 침묵했다
바다 너머의 사건들은 알 수 없었고
심해를 향해 수많은 별자리의 이야기가 사라지곤 하였다

모든 것이 침묵하는 계절이었지만
오래된 이누이트의 전설이 극점 앞에 모습을 드러내기도 하는
사냥의 한철이기도 했다
사냥은 경건했으므로, 극점의 모든 것들은 오래도록 고요했다

고래의 숨이 빙점을 향해 모습을 드러내자
모든 절멸의 순간들이 고개를 들어
바다 너머의 미풍에 귀를 기울였다
모든 것이 사라지는 시간이었고
어쩌면,
수많은 별자리의 이야기와 오래된 이누이트의 전설이 빙점을 향해 들어서는 시간이기도 했다

고래의 숨이 단지
수면 위에서 반짝, 빛을 발했다
빙점을 떠난 이누이트가 머나먼 이국에서 사소하게 숨을 거두는 시간이었다
빙점을 떠나자 이누이트의 숨은
모든 것을 견딜 수 없었다
고래의 숨은, 절멸을 향해 그저 묵묵했다
극점은 건재했지만 태생을 알 수 없는 바람이 밤하늘을 향해 온통 침묵했다
침묵만이 오로지
수많은 별자리의 이야기와 오래된 이누이트의 전설을 떠올리며
절멸의 모든 시간을 어루만지고 있었다

백 년 동안의 고독*

발견되지 않은 루트를 따라 고독이 발굴되었다. 얼음산을 오르던 자들의 시신은 놀라운 고독으로 가득했고, 고독의 외로움은 완벽하게 보존되었다. 시신들은 저마다 침묵하며 고독했으므로 죽은 자들의 흐느낌은 침엽수림을 돌아보며 어느덧 사라졌다.

누구나 침묵했고 언제나 고독했다.

돌아서면 세상은 고독한 폭설로 가득했다. 고독이 발굴되었지만 고독한 낮과 밤을 앞에 두고 세계의 모든 폐허는 말을 아꼈다. 지상은 이내 고독으로 가득 찼으므로 고독도 발굴될 수 있음이 밝혀졌다.

백 년 동안의 고독이 고독한 세월을 견디는 동안 눈보라는 그저 단조롭게 쏟아졌다. 죽은 자들은 잊혔고 오래된 씨앗의 발아는 요원했다.

백 년 동안의 고독이란 얼마나 슬픈 일인가.

고독이야말로 고독에 이르는 길이라고 오래전에 사라진 고독이 속삭였다. 고독에 대한 소문만 무성했고, 누구도 고독의 실체를 본 적 없는 그동안의 세월이었다. 고독한 눈과 고독한 시신이 생생하게 서러웠으므로 고독은 이제 완전한 고독이 되었다.

백 년 동안의 고독이 완성되자
비로소 세상은 고독할 수 있었다.

세상의 모든 고독이 고독을 앞에 두고 드디어, 고독을 노래할 수 있게 되었다
참으로 오랜 세월이었고,
견디기 힘든, 고독이었다.

* 마르케스의 소설 제목을 차용.

화창한 엘리베이터의 오후

화창하고 즐거운 휴일의 오후였어.
소년은 아파트 복도 깨진 엘리베이터 창에 머리를 넣고
휴일 오후의 동물원을 생각하고 있었지.
김밥을 싸든 소년의 손이 도레미파솔라시도 높은 음을 따라 흔들렸어.
오늘은 즐거운 소풍날이지. 비가 오면 안 되는데.
목덜미를 향해 엘리베이터가 내려오는 줄도 모르고
소년은 동물원의 사자만 떠올리고 있었지.
엘리베이터 깨진 창을 통해 터널 안을 바라보던 소년의 머리는 비명도 없이 두고 온 몸통을 그리워했지.
소년의 몸통은 아파트 복도에 남아, 잘려나간 머리의 아득한 추락을 들었지.
이런 날은 소풍을 떠났어야 했는데.
소년의 목덜미가 피로 젖었어.
이런 날은 동물원의 사자 우리 앞에 앉아 김밥을 먹어야지.
소년의 다리가 우수수 떨렸어.
사자 우리 앞에 앉아 녀석의 즐거운 낮잠을 배경으로 기념사진이라도 찍어야 하는데.
터널 안으로 떨어지는 소년의 머리는 무엇을 생각하고 있었을까. 몸통을 남겨두고 떨어지며,
즐거운 소풍을 떠올리며, 희미하게 웃고 있었을까.
소풍을 가기 위해 김밥도 쌌는데 말이야.
도레미파솔라시도 흥겨운 노래도 연습해두었고 말이야.

밀림의 왕자 사자를 만나야 하는데. 흥겨운 노래를 부르며 동물원으로 가야 하는데.
캄캄한 터널 안으로 떨어지는 화창한 엘리베이터의 오후.
동물원으로 가는
즐거운, 소풍.

롤러코스터 타는 밤

오늘은 놀이동산에 가는 날이지.

붉은 밤과 저수지를 지나가는 길. 저수지에는 죽은 물고기 떼가 듬성듬성 박혀 있지. 놀이동산으로 가는 길은 싱그러운 비명으로 가득해.

오늘은 롤러코스터를 타러 놀이동산에 가는 날.

놀이동산으로 가는 밤이 붉게 물들지. 돌이킬 수 없는 속도를 향해 가는 길. 레일 위에 앉아 롤러코스터의 질주를, 질주가 만드는 충돌의 순간을 기다리지. 희고 아름다운 연인들은 솜사탕을 입에 물고 저수지에 발을 담그지.

레일을 만지는 손이 은빛으로 부서지는 밤.

서늘한 바람 한 조각을 베어 물고 평화롭게 속도를 기다리면, 고요한 질주가 다가오지. 즐거운 축제가 경쾌한 비명으로 가득한 롤러코스터를 바라보지.

롤러코스터가 다가오기 전에 폴짝 뛰어오르고 싶지 않았지. 축제처럼 피가 흩어지고, 사방으로 롤러코스터 타는 밤이 무심하게 지나가지.

레일 위에서 붉은 밤과 저수지의 죽은 물고기 떼를 바라보고 싶었지. 멈출 수 없는 속도가 죽음을 만드는 순간. 속도는 얼마나 평화롭게 죽음을 완성할까. 얼마나 정직하게 죽음과 맞닥뜨릴까.

롤러코스터를 타는 밤.

소풍을 지나 즐거운 폭죽이 터지는,
저수지 가득 죽은 물고기 빛나는
놀이동산의 밤.
돌이킬 수 없는, 질주와 충돌이 빛나는,

싱싱한 바람이 찰랑찰랑
축제를 흔들어대는

소멸

밤낚시의 계절이 다가왔다

낚시꾼을 위해
안락하고 안전한 방갈로가 제공되었고
밤낚시를 위한 새벽과 지루함 또한 제공되었지만,

오랜 가뭄이었다

낚시꾼은 빈 낚싯대를 앞에 두고 득도에 이르고 있는 중이리라
상투적인 밤낚시를 위해 조금은 음산한,
애인의 황폐한 자궁처럼 깊어가는 밤이었다

지루한 득도를 위해
물고기는 풍요롭지 않았고
저수지는 바닥을 향해 맹렬히 사라지고 있었다

모든 것은 비워졌고
저수지는 바야흐로 바닥이 되어가고 있었다

황폐한 수면은 바닥을 드러내며 온통 경악을 금치 못했다
저수지의 바닥에는 썩지도 않고 부패하는 물고기가 지천으로 끔찍했다

낚시꾼은 아직도 밤낚시에 몰입중이다
방갈로는 저수지의 바닥을 향해 내려앉는 중이지만
낚시꾼은 아직도
득도의 밤낚시를 위해 모든 정신을 집중했다

아득한 바닥이고
아득한 자궁이다

메마른 바닥 위로, 밤낚시를 위해 바쳐진 쓸모없는 것들은
모든 처음이자 마지막처럼 한 줌 모래가 되었다

메마른 바닥이고
메마른 자궁이다

황폐한 자궁을 향해 낚시꾼이 걸어들어갔으나
그곳에는
썩지도 않고 부패하는 물고기가 다만 참담할 뿐이었다

애인의 헐벗은 자궁을 향해
세상의 처음이자 마지막인 모래 폭풍이
까마득히
까마득히, 밀려오고 있었다

피크닉의 날들

피크닉의 날이 밝았다.

모든 날들과 도시는 피크닉을 위해 바쳐졌고 TV는 피크닉을 위한 프로그램을 방영하였다. 피크닉을 가지 않는 것은 상상할 수 없는 일이었다. 피크닉의 종류와 방법이 빠짐없이 언급되었고 피크닉을 위한 안내서가 출간되었다. 기상청은 피크닉의 날씨를 분석하기 위해 정보기관의 도움을 받기도 했다. 사람들은 저마다 피크닉 가방을 꺼내어 피크닉을 위한 도시락과 피크닉을 위해 특별히 개발된 행복을 담았다. 사람들이 즐거운 피크닉에 담겨 승용차에 오르자 경쾌한 배기음이 공중을 향해 날아갔다. 세상은 온통 피크닉을 떠나는 자동차로 가득 채워졌다. 피크닉을 가지 않은 일단의 사람들은 강제로 피크닉 기차에 태워졌다. 피크닉처럼 비가 오고 바람이 불고 꽃이 피고 햇살이 따사로웠다. 우듬지 너머의 저수지로 피크닉의 날들이 듬성듬성 날아가기도 했다. 저수지의 주변을 배회하던 피크닉이 저녁을 맞이하자 예배당의 종소리가 장엄하게 울려퍼졌다. 저수지의 늙은 개들이 쓰레기통을 뒤지며 저물녘 안으로 들어섰다. 개들은 피크닉의 어둠을 물어뜯으며 붉은 침을 흘렸다. 피크닉의 밤이 오자 사람들은 평화롭게 피크닉의 잠을 청하고 따사롭게 피크닉의 아침을 기약했다. 잠들지 못한 늙은 개가 밤새도록 첨벙첨벙 저수지의 중심을 향해 걸어들어갔다. 세상의 모든 것들은 피크닉을 위해 바쳐졌다. 피크닉의 밤이 가고 또다시

피크닉의 날이 밝았다.

포레스트 검프처럼

홀연히 아버지가 등장했다
어느 날 갑자기 사라졌던 아버지가
주말의 텔레비전 속으로
홀연히, 등장했다
아버지의 등장은 주말의 명화처럼 멋있고 웅장했기 때문에
그것은 아버지인 것도, 아닌 것도 같았다
텔레비전의 드넓은 초원 위로
앙상한 상반신을 드러낸,
진지한 수염과 고독한 눈망울의 질주가 연일 펼쳐지고 있었다

앙상한 상반신은 진지하고, 고독하고, 엄숙하게 달리고 있었으므로
그것은 아버지인 것도, 아닌 것도 같았다
어느 날 홀연히 아버지가 사라지자
많은 것이 사라진 듯도 했지만
어느 것도 사라진 것은 없었다
부재의 슬픔은 이내 회복되었고 실종은 사소하게 기록되었다

어느 날 사라진 아버지가

진지하고, 고독하고, 엄숙하게 달려 도착한 곳은 바다가 보이는 언덕이었다
아버지의 진지하고, 고독하고, 엄숙한 달리기가 언덕에 이르자
해가 지기 시작했고 바람이 멈추고
바다의 심연과 숲의 그늘이 일제히 출렁였다
교회의 첨탑 위로는 오래된 구름이 뚝뚝 쏟아져내렸다
아버지가 언덕에 이르렀을 때
어쩌면 마지막으로 해가 저물고 바람이 멈추고
바다의 심연과 숲의 그늘이, 마지막으로 출렁였다
바람에 담긴 그의 수염 역시 마지막으로 나부꼈을지도 모를 일이었다

들판의 가축들이 한가로이 풀을 뜯고 있었고
맑고 투명한 마지막 햇살도 잠깐 머문 듯했다
아버지는 진지하고, 고독하고, 엄숙했지만
아버지는 아버지인 것도 같고, 아닌 것도 같았다
모든 것은 불분명했다
때는 주말이었고
주말의 텔레비전은 너무나 먼 곳을 비추고 있었다
주말의 텔레비전이 우리들의 주말 속으로
거대하게 부풀어오르며
사라지고 있었다

나각(裸角)의 묘

목이 베어지던 날을 생각하면
언제나 마음이 아프다

벽에 걸린 사슴의 머리마다
서글프게 돋아난 나각이 아름다웠다
나각의 뿌리를 향해
숲과 강물의 아름다운 신화가 스며들었고
사슴은
차마, 눈감을 수 없었다

나각의 위로는 사냥의 참혹한 한철과
들판의 무심한 구름이 지나갔겠지
구름의 열병식이
벽에 걸린 사슴의 머리 위로 한때는 평화로웠을 테지

불온한 숲의
온통 적막한 음모처럼
사슴의 잘려나간 단면은 섬뜩했겠지

사슴의 죽음은 아름답고
나각의 뿌리는 여전히 사슴의 머리에 견고했다
나각의 자리마다
오래된 무덤의 이야기가 잉태되었다

잘려나간 사슴의 단면을 향해
견딜 수 없는 허기와, 떠올릴 수 없는 전생이
서럽게 울고 있었다

나각의 서러운 뿌리를 향해
버려진 봉분의 적막한 눈물이
무성하게 흐르고 있었다

사슴은,
목이 베어지던 날의 한 줌 햇살을 생각하며
언제나,
언제나 마음이 아팠다

독서의 계절

서점이 불타올랐다.
도시의 모든 소방차가 출동했고 소방차의 능숙한 물줄기가 신속하게 화재를 진압했다.
바캉스의 계절과 상투적인 주말이 끝나던 날이었다.
불에 탄 활자의 재가 하늘을 뒤덮었고, 도시는 불에 탄 활자와
온통 유익한 정보와, 새로운 감수성으로 차올랐다.
함박눈처럼 쏟아지는 활자를 바라보며 시민들은 독서의 계절을 실감했지만
어떤 것도 읽을 수 없는 계절이었다.
청소원은 불에 탄 활자를 쓸어담아 쓰레기장으로 보냈고 서가는 곧바로 유익한 신간으로 채워졌다.
때는 바야흐로 독서의 계절이었으므로,
모든 집회와 결사의 자유가 제한되었다.
서점은 진부한 독자들로 가득 찼고 거리마다 진부한 시인들의 진부한 낭송회가 열렸다.
독서의 계절이 찾아왔다.
독서의 계절은 알차고 보람되게 계획되었다. 모든 지식은 유익하게 진열되었고 사람들은 간편하게 서점을 이용할 수 있었다.
모든 정치와 제도는 독서의 계절을 위해 바쳐졌다. 누구나 한 권의 책과 세련된 문장을 가질 수 있었지만 누구도 한 권의 책과 세련된 문장을 가질 수 없었다. 바야흐로,
독서의 계절이 왔다.
독서의 계절은 유익하고 행복하며, 우아하고 경건했다.
독서의 계절이, 왔다.

오고야, 말았다.
때는 바야흐로, 엄숙하고 경건한
독서의 계절이었다.

붉은 뱀과 숲과 우물의 저녁

그리고 구름이 걷히기 시작하자
붉은 뱀의 무리가 돋아나기 시작했다
도시의 외곽에 있는 숲은
붉은 뱀의 무늬로 가득 차올랐다
웅덩이에 박힌 소년의 다리를 지나
소년의 몸통과 머리에도 붉은 뱀의 길이 들어섰다
붉은 뱀의 길을 향해 구름이 다가선다
소년은 손바닥을 펼쳐 붉게 물든 뱀의 길을 굽어보고 있다
구름이 걷히기 시작하는 저녁이었다
신발을 고쳐 신는 소년의 등 뒤로
검고 물컹한 해가 떨어지고 있었다
구름이 지나가고 썩은 물고기가 떠오르는
웅덩이의 밤이었다
소년의 눈에서는 딱딱한 고름이 흘러나왔다
소년은 누렇고 딱딱한 눈을 들어
붉은 뱀과 구름이 번지는 소리를 바라보았다
두꺼비가 해를 먹어 삼키고 있는 밤이
숲을 향해 서늘하게 들어서고 있었다

숲은 오래된 우물을 길어올리는 소리로 가득했다
우물 속에는 하반신이 벗겨진 소녀가.
우물의 깊이를 바라보며 피를 흘리고 있었다
두꺼비는 소녀의 등에 앉아
검고 물컹한 해를 토해내고 있었다
구름이 걷히기 시작하는 저녁이었다
소년의 눈을 향해
구름이 지나가고 썩은 물고기가 떠오르는,
붉은 뱀이 돋아나는
오래된 숲과 우물의
저녁이었다

방과후

다리를 절뚝이며 날이 저물고 있어요. 나무들은 한가롭게 흔들리고 있고요. 텅 빈 운동장에는 황혼의 빈 자락만 나뒹굴고 있어요.
음악실 앞으로는 풍금의 쓸쓸한 눈물이 흘러나오고요. 안온한 음계를 향한 당신들의 기억은 아름답지 못해요. 누구도 돌아갈 수 없는 교실에는 유령처럼
지난날의 불행이 도사리고 있어요. 담벼락마다 불온한 소문이 무성하고 담쟁이 긴 줄기가 여름 한낮의 섬뜩한 적막을 어루만지고 있네요.
교문은 닫혀 있고, 음악실에서는요. 불행한 소문이 무성하게 피어오르고 있지요. 우리들의 합주를 따라
아무도 듣지 못하는 음악이 피를 흘리며 걸어나오고 있어요.
시간에 맞춰 종이 울리고,
돌아갈 수 없는 시간이군요. 거룩한 수업은 단호하게 끝이 나고, 소각장에서 교과서를 태우며 무서울 것 없는 학창시절이었어요.
뭉게구름은 운동장으로 떨어져 아무렇게나 바람에 나뒹굴었어요.
우리들의 발성을 따라 음악실의 풍금이 까마득한 음계를 짚고 있어요.
어느새 우리들은 담쟁이가 기어오르던 담벼락의 소문처럼 음험하게 자랐어요.
돌아갈 수 없네요.
교문은 닫혀 있고, 텅 빈 교실마다
동해물과 백두산이 마르고 닳도록
거룩하고 장엄한 애국가가 울려퍼지고 있어요.

나의 사랑 줄리아

줄리아와 함께 소풍을 가는 유쾌한 휴일.

캄캄하게 웃으며 자동차에 담기는 나의 사랑 줄리아. 즐거운 표정의 소풍이 도로 위로 쏟아진다. 흥겨운 리듬에 담긴 줄리아의 눈빛이 유행가를 게워낸다.

*오! 나의 사랑 줄리아.**

맨발의 줄리아는 낡은 배낭을 뒤져 신문에 싸인 김밥을 꺼낸다. 지나간 날들이 김밥에 말려 쏟아진다. 차창 밖에는 검고 긴 건물들이 성기처럼 서 있다.

거대하게 발기한 건물을 헤치며 소풍을 가는, 나의 사랑 줄리아.

흔들리는 차창에 맞춰 배낭 속의 음료가 가볍게 출렁인다. 휴일의 도로는 찬란한 질주로 가득하다.

무섭게 사라지는 질주의 저편은 이내
사고의 현장이 되고
줄리아는, 정신을 잃는다.

유행가가 팽팽하게 어긋난 속도를 지나 여전히 즐겁게 돌아간다.

경쾌하게 굴러가는 배낭 속의 과일이 핏빛으로 물든다. 줄리아의 눈빛은 서늘하게 물든 리듬을 더듬고 있다. 파편을 밟은 도로 위의 햇살이 분주히 부서진다. 줄리아는 아직도 즐겁게 달리고 싶다. 즐거운 리듬에 맞춰, 흔들흔들, 창밖을 바라보고 싶다. 줄리아와 함께 떠난 소풍이 충혈된 눈으로 줄리아를 바라본다.

즐겁고 유쾌하게 해가 지는 휴일이 등을 돌리며 울음을 터뜨린다.

검고 긴 건물의 귀퉁이에서

* 이용복의 노래 〈줄리아〉에서.

미라

서녘으로부터 바람이 불었다.
어둠을 견디는 세월이었으나, 부장된 추억과 함께였으므로
외롭지는 않았다. 감은 눈을 떠 바람을 보고 싶었으나
너무나 눈이 부셔 안타까웠다. 건조한 공중의 끝에 매달린 숨결이
부서질 듯 흐느꼈다.

바람이 분다.
말라버린 젖가슴처럼 황폐한 무덤이 드러나자
여자가 누워 있었다.
단단히 여몄을 옷고름이, 풀어질 듯 아슬하게 속살을 감추고 있었다. 여자는
아기를 생각했겠지. 죽음에 이른 순간, 뱃속의 아기를 떠올리며 내세를 기약했겠지.
말라버린 여자의 손이 배 위에 단정히 놓여 애절하다.

따사로운 햇살이 그녀의 마른 삶을 천천히 어루만지고 있다. 할 말이 남아 있는 듯
여자의 입술은 생생하다. 석양 무렵이었고, 바람이 잔잔히 무덤의 내부를 더듬었다.
무덤 밖의 세상과 만나고 나서야
그녀의 몸에 곰팡이 피고.
여자는 그제야 죽음에 이르게 되리라. 말라버린 젖가슴 단단히 여민 채

아름다운 꽃신 신고 비로소
이승을 돌아보게 되리라.

그녀의 마른 몸뚱이, 최소의 무게가 되어
이승에 놓고 와야 할 최소의 육신이 되고 있는 중이다. 오랜 고독이었고
오랜 침묵이었다. 서녘으로부터 바람이 불었고, 햇살이 그녀의 마른 손을 슬쩍 잡기도 하였다. 그녀는 아직도 그날의 통곡이 들리는 듯, 가만히
지상의 모든 소리에 귀를 기울였다. 바짝 마른 그녀의 주름 속으로 바람이 섬세하게 갈라졌다. 바람의 가늘고 긴 그늘이 그녀의 전신에 선연히 음각되고,
배를 어루만지며
그녀는 오래도록 감은 눈을 뜨지 못했다. 견딜 수 없었던 통곡,
파헤쳐진 무덤의 내부를 바라보며 덤덤했다. 서녘을 향해
바람이 불고, 석양이 물들었다.
석양이 물들며
오래도록, 아기의 울음소리가 고요히 울려퍼졌다.

크루즈

사막의 지표를 향해 드러난 배의 선체에는 사라진 바다의 패각이 맹렬히 달라붙어 있었다
갑판 위로는 무역풍이 지나갔고, 기울어진 배의 침몰을 향해 소금기둥의 마지막 눈빛이 들어서곤 했다
배가 발견된 곳은, 선인장과 황혼 녘의 부근이었다
배는 마지막으로 무엇을 만났는지,
한껏 꺾인 키는 단호하게, 피하고자 했던 배의 순간을 향해 멈춰 있다

하현을 향해, 항해의 마지막 순간이 홀연히 드러나는 밤이었다
배가 발견된 것은 먼 나라의 해안을 따라 고래의 죽음이 무심하게 부패하던 날이었다
침몰의 순간은 장엄한 불길을 마지막으로 사라졌을 테지

처음으로 사막의 지표를 향해 모습을 드러낸 것은 갑판의 난간이었다
난간의 붉은 녹이 소금기둥을 향해 부서지며 난파의 최초가 드러났다
무역풍이 지구의 반대편을 향해 날아가는 계절이었다
모든 것이 발견되었지만 모든 것이 사라져버린 후의 일이기도 했다

무수히 많은 모래산이 바람의 결을 따라 흘러가는 계절이었다
세상의 모든 것은 모래의 산속으로 들어가 한 줌 모래가 되었다
모래의 산에는 모래의 숲과 모래의 계곡과 모래의 산짐승이 풍요로웠다

단 한 번 뒤를 돌아보았던 소금기둥 역시
여전히 아름답게 빛나고 있었다
모든 것이 발견되었지만 아무것도 발견되지 않은 날이었다
거대한 모래의 산과 소금기둥을 향해 한 줌 태양이 사라진,
전설 속의 배가 홀연히 발견된
장엄한 오후였다

허니문 a

소파 위로 바람이 불었다. 햇살은 따사롭고, 피뢰침마다 내려앉은 새들은 행복했다. 단호하게 다문 새의 부리를 바라보며 커튼이 일렁였다. 신파처럼 유행가 몇 소절이 라디오에서 흘러나왔다. 여자가 마지막으로 본 것은 무엇이었을까. 그녀는 모든 것이 믿기지 않는 듯, 두 눈을 부릅뜨고 쓸쓸했다. 그녀의 목은 마지막 남은 숨을 움켜쥐던 남자의 손을 떠올렸다. 이십 년을 함께한 세월이 한 줌 숨을 마지막으로, 허망했다. 여자의 목덜미에, 오래도록 남자의 선홍빛 손길이 묻어 있다. 죽음은 간단했고, 남자의 눈물이 여자의 가슴 위로 떨어졌다. 남자의 손은 차마 여자의 눈을 보지 못했지만, 그것이 사랑이라고, 남자는 생각했다. 남자의 손가락에 매달린 낡은 반지가 따사롭게 반짝였다. 오래지 않아 발견될 것이므로 기별은 필요치 않으리라. 소파 위로 늙은 고양이 한 마리 적막했고 새들은 벼락을 기다리며 날아갈 줄 몰랐다. 모든 것이 끝이 났으므로, 비로소

공중에 매달린 남자의 붉은 혀가
오래도록 여자를 바라보고 있었다.

허니문 b

무덤 위로 황혼이 왔어요.

때 입힌 무덤마다, 아무렇게나 놓인 조화가 선명했고요. 합장된 묘혈을 향해 들어선 추억은

죽어서도 함께 누워 깊은 밤을 통곡했어요.

묘혈마다 당신들은, 아직도 사랑하나요. 무덤 위로 황혼이 오고 비석 위로 불길한 구름이 내려앉아요. 비석 위에 나란히 음각된 당신들을 호명하며, 또다시 봄이 왔어요. 함께 누워

당신들은 외롭지 않던가요.

어제처럼 선명한 조화가 뿌리를 내려, 어느덧 뼈만 남은 당신들을 꽃피우고. 군락을 이룬 묘지로 가는 길은 어느덧 끊어졌어요.

무덤 위로, 황혼이 왔어요.

때 입힌 무덤마다 조화가 선명했고요. 처음처럼 당신들은, 어색하게 돌아누워 돌이킬 수 없는 밤을 기다리고 있어요.

일제히 날아오른 새 떼가 묘혈 속으로 사라지고 있고요.

거대한 물줄기가 당신들이 건너야 할 저편을 향해

그날처럼,

아득하고 처연하게 흘러가고 있어요.

산청*

상복을 입은 여자의 등 뒤로 상여가 타올랐다.
상여의 불길이 새 떼처럼 하늘을 가득 메웠고 무수히 많은 죽음이 여자의 어깨 위로 터벅터벅 떨어졌다.
상여의 불길을 돌아보며 여자가 흙을 만졌지만 만져지는 것은 아무것도 없었다.
타오르는 상여 속으로 몇 개의 만가가 무심하게 들어섰고 여자의 상복이 무덥고 지루하게 펄럭였다.
마지막 장례를 마치자,
여자는 마침내 혼자가 되었다. 회닫이처럼 상여의 불길이 하늘을 맴돌았다.
상여의 불길이 화사하게 피어오르는 7월이었다.
타오르는 상여를 뒤로하고 밥을 먹고
타오르는 상여를 뒤로하고 눈물을 닦고
타오르는 상여를 뒤로하고 집으로 가는
7월이었다.
상여의 불길 위로 외롭고 쓸쓸한 계절이 쏟아졌다. 뭉게구름 처연히 피어 있는, 순간이었다.
마지막 장례를 마쳤지만
모든 것은 그대로였다. 상복을 입은 추억이 맑고 푸른 산으로 들어서는 폭염이었다. 상여의 불길 속으로 부장되지 못한 추억이 던져지기도 했고,
한 마리 늙은 소가 더러운 발굽을 핥으며 불길 속의 7월을 무심하게 바라보기도 했다.
타오르는 상여를 뒤로하고
바람이 불고 구름이 흘러가고 숲이 출렁이는 7월이었다.

타오르는 상여를 뒤로하고
밥을 먹고 눈물을 닦고 집으로 돌아가는,
상복을 입은
7월이었다.

* 경상남도 산청.

공

평생을 공과 함께한 철학자가 있었다.
그의 모든 밤과 낮은 공을 위한 연마에 바쳐졌다.

공은 말이야.
늙은 개가 그의 말을 곱씹으며 무심히 컹컹 짖었다. 늙은 개는 철학자가 고독한 표정을 지었을 때 다만 꼬리를 흔들며 바닥에 떨어진 소시지를 핥을 뿐이었다.
더러운 구름이 하늘에 묶여 있었고 살인과 방화가 종종 일어나는, 비릿한 여름이었다. 신생아가 냉동고에서 발견되기도 하는 여름이었다.
철학자가 오랜 친구인 늙은 개와 산책을 나갔을 때의 일이었다. 무더운 여름이었고
해가 아직 중천에 떠 있던 때의 일이기도 했다.

평생을 공과 함께한 철학자가 있었다. 철학자가 자신의 모든 밤과 낮을 공을 위한 연마에 바칠 때에도 공은 아무렇지도 않게 비탈을 따라 굴러갔다.

철학자와 늙은 개 앞으로 변함없는 인생과 변함없는 세월과, 변함없는 어제와 오늘이 지나갔다. 헤어진 연인의 심장에 칼을 꽂기도 했고 부모가 자식을 떠나보내기도 했지만 모든 것은 쉽게 잊혔다. 모든 것은 변함없었고 사람들은 조금씩 늙어갔다.
조금씩 변해갔으므로 결국 변한 것은 아무것도 없었다. 철학자의 주름살을 뒤덮으며 어느덧 석양이 지나가고 겨울이 가고 봄이 왔다. 꽃과 새들이 공의 곁에 머물며 공의 텅 빈 팽팽함을 더듬었다.

평생을 공과 함께한 철학자가 있었다. 공이 비탈을 따라 굴러가는 동안 철학자는 아주 조금씩 늙어갔다. 아주 조금씩 늙어갔으므로 어쩌면 늙지 않은 것이기도 했지만

어느새 철학자는 성성한 백발을 땅에 늘어뜨리고 석양을 바라보고 있었다.

철학자는 굴러가던 공을 건조하게 어루만졌다. 공을 뒤덮은 철학자의 손금이 수없이 많은 메마른 강을 만들어내기도 했다.

메마른 강바닥 앞에서 철학자가 갑자기 눈물을 흘렸다.

늙은 개는 이미 없었지만 철학자는 여전히 모든 밤과 낮을 공을 위한 연마에 바쳤다. 공은 텅 빈 몸통을 부딪쳐 커다란 울림을 만들어내기도 했다.

무더운 여름이었다. 무수히 많은 세월이 흘렀지만

철학자는 여전히 공을 위한 연마에 집중했다. 아주 조금씩,

철학자의 성성한 백발이 메마른 강바닥을 뒤덮었다. 무수히 많은 공이

하늘을 향해 쓸쓸하게 등을 돌리며

선명하게, 튀어올랐다.

비밀요원 K

K가 돌아왔다
전혀 비밀스럽지 않은 옷을 입고
비밀요원 K가 돌아왔다
K의 옷자락에서는 바다의 냄새가 피어오르고 있었다
아름다운 바다였어
K는 아파트 계단을 오르며 중얼거렸다
K의 등이 저물녘의 태양처럼 부풀어오르는 것이 보였다

K는 그곳에서
남태평양으로 사라지는 태양을 바라보며
양 떼의 동향과
남극으로 가는 바다의 움직임을 노트에 적어넣었다
K의 노트는 금세
수없이 많은 양 떼와 바다의 흔적으로 넘쳐흘렀다

자 이것을 봐
우리가 비밀스럽게 수집해온 양털이야
부드럽고 따뜻한 양털이지

더러운 양의 발굽처럼
K의 눈빛이 빛났다
K는 손바닥을 내밀어 남극으로 가는 바다를 펼쳐보였다
시퍼런 바다가 K의 손끝에서 뚝, 뚝 떨어졌다
K의 몸은 바다의 무늬로 가득 차올랐다
아파트 계단을 오르며
K는 아내의 어깨에 손을 얹었다
태양처럼 부풀어오른 K의 등 뒤로
주름으로 가득한 하늘이 내려앉았다

비밀요원
K가 돌아왔다
K는 부드럽고 따뜻한 양털과
남극으로 가는 바다의 움직임을 연구하며
일생을 보냈다
K의 일생은 비밀로 가득했기 때문에
더이상 부드럽고 따뜻한 양털과
남극으로 가는 바다의 이야기를 묻는 사람은 없었다
나른하고 지루한
K의 날들이 지나갔다
부드럽고 따뜻한 양털과

시퍼런 바다의 날들이 지나갔다

3부

떠나온 한밤과 가지 못한 해안이
그녀의 썩은 동공에서 흘러나왔다

보트피플

아이는 엄마의 젖을 찾았다
필사적으로 파고든 엄마의 품이 바다를 따라 맥없이 흔들렸다
이미 거두어들인 그녀의 숨은
아이를 바라보며 눈물을 흘리고 있었다
바다가 다만 고요하게 출렁이는 폭풍의 중심이었다
퉁퉁 불어버린 엄마의 젖은, 하늘을 향해 단단히 굳어 있다

보트
막막한 죽음이 즐비하게 사라지는 곳
갑판 위의 죽음이, 떠나온 한밤과 가지 못한 해안을 향해 흐느꼈다
아이는 죽음을 더듬어 아직도 필사적이다
갑판 위에 버려진 그녀의 마지막 숨이,
떠나야 했던 폐허를 돌아보며 비릿하다

보트
돌아갈 곳도 나아갈 곳도 없는, 막막한 기항
보트
해안에 이르지 못한 기항의 밤과 낮이, 지나가고, 지나가고, 또 지나갔다

보트 가득 서성이는 갑판 위의 죽음이
해류를 따라 느리게 부패하고 있다
떠나온 한밤과 가지 못한 해안이 그녀의 썩은 동공에서 흘러나왔다

보트가 발견되었다
남태평양의 어느 바다였고
석양이 물드는 거룩하고 경건한 순간이었다
아이는 엄마의 품에서 참혹하고, 보트는 거대한 무덤인 순간이었다
거대한 무덤이 선지처럼 혀를 내밀어
그녀의 단단하고 비릿한 젖가슴을, 천천히
핥고 있었다

아프리카 전(展)

소년은 강바닥에 엎드려 물을 마시면서도

여전히 카메라를 응시하고 있다. 강바닥에 갈증을 내려놓고, 소년의 눈망울은 온통 두려움이다. 경계를 놓지 못한 초식동물처럼, 소년은 카메라의 앵글을 따라 희고 커다란 시선을 풀어놓는다.

소년의 사진이 햇살을 받아 반짝인다.

이미 바닥을 드러낸 강에 엎드려, 소년은 오직 갈증만을 떠올리고 있다. 소년의 눈망울 속으로, 죽음을 맞이한 초식의 날들이 앙상하게 나뒹군다. 쓸모없는 뿔을 달고, 초식의 유골은 비극적 상징으로 가득하다.

비극적 상징을 담은 갤러리의 오후가

우아한 탄성을 자아낸다. 전시된 한 점 초원 위로 가젤이 한가로이 풀을 뜯기도 하지만

소년은 전시된 한 점 강바닥에 엎드려 더러운 수치를 핥고 있다. 물을 마시는 소년의 등이 앙상하다. 쏟아지는 햇볕의 무게를 어찌하지 못하고, 소년은

앙상한 한 줌 숨을 토해낸다. 카메라의 앵글 안에서 소년은 감동적인 비극과 비극적인 감동을 끊임없이 인화하고 있다.

잘라낼 곳도 없이, 카메라의 앵글을 향해 군더더기 없는 풍경이 완벽하다. 소년의 눈동자는 더이상 엎드릴 곳이 없어지고 나서야 비로소,

관람객의 시선과 마주한다.

갤러리는 이내, 한 치의 오차도 없는 감동으로 가득 차오른다.

상투적인 연민이 폭죽처럼 터지는 오후.

소년은 여전히 완벽한 앵글에 담겨 있고, 갤러리 또한 여전한 감동이 넘쳐흐른다.

서늘한 예각을 세운 초식의 뿔이

저물녘을 향해
천천히, 천천히 들어선다.

캠프

접경의 일몰이 사라지는 순간이다.
저물녘을 황홀하게 물들이는, 놀랍도록 고요한 피란의 계절이다.
뜨거운 모래바람 앞에서
소년은 미동도 없이 흐느끼고 있다. 캠프에 이르기까지, 흐느끼는 소년의 길은 온통 핏빛 맨발이다. 소년의 맨발을 향해 접경이 들어선다.
접경 너머의 오래된 공포를 바라보며 소년의 눈망울이 날아간다.
접경의 아주 먼 곳으로부터 들려오는 살육이 전설처럼 떠올랐다.
저물녘의 순간을 향해 날아가는 철새가 날개도 없이 검은 피를 흘리고 있었다.
캠프.
피란의 밤과 낮을 따라 캠프의 천막이 펄럭였다.
쏟아지는 별빛도, 아름다운 숲과 시내도 없는, 접경의
캠프. 접경을 따라 수없이 많은 천막이 만장처럼 펄럭였다.
오래된 피란이 접경 위로 유목처럼 펼쳐졌다. 거대하게 부풀어오른 캠프를 향해 바람이 불고 비가 내리고 오랜 가뭄이 오기도 했다.
먼 곳으로부터, 땅에 묻지도 못한 채 떠나온 가족의 소문이 들려왔고
만장처럼 펼쳐진 천막의 주름이 버려진 죽음과 고단한 난민의 행렬을 향해 부풀어오르곤 하였다.
소년은 핏빛 맨발의, 절뚝이며 지나온 길을 떠올리며 백발이 성성한 오래된 숲을 향해 천천히 걸어들어갔다.
접경의 일몰을 배경으로, 캠프가 울음을 터뜨렸다.

쏟아지는 별빛도, 아름다운 숲과 시내도, 출렁이는 바다와 행복한 야영도 없는
캠프.
돌아갈 수 없는, 접경의 밤이다. 오래된 천막과 경악으로 가득한, 캠프의 밤이다.
캠프의 일몰을 향해 죽음이 황홀하게 물드는
접경의, 비극으로 붉게 물든 밤이다.

접경

때는 봄이었다
아직 녹지 않은 얼음이 유골의 마디마다 서글펐다. 붉은 흙을 움켜쥔 손은 아직도
부여잡은 마지막 순간을 놓지 못하고 있다
들판에 누워 유골은
떨어질 벼랑도 없이 참혹했다
따사롭게 누워, 오래도록 처연히 잊히고 있었다

총성이 울렸고,
다만 그뿐이었다
그믐과 폭우의 밤이었으리라
총성이 울리자,
쫓던 자도, 쫓기던 자도 다만 그뿐인
그믐과 폭우의 밤이었으리라
완충의 지대였으므로 다만 그뿐인,
밤이었으리라

총성이 울리고,
썩어버린 그의 동공에서 구더기 온통 들끓었으리라

구더기 들끓으며,
흘리지 못했던 그의 눈물 서럽게 쏟아졌으리라

멀리,
초소가 보였다
길은 멀었고 초소의 불빛이 불안하게 흔들렸다
그러나 다만, 아무것도 보이지 않는 그믐과 폭우의 깊은 밤이었으므로
누구도 오지 않는
그런 날들이었다

들판은 여전히 아름다웠고 저수지의 물고기는 풍요로웠다
들판에 누워 거둔 숨은
썩어가면서도 움켜쥔 한 줌 절망에 경악했을 것이다
육신은 썩고, 수없이 많은 구더기만 찬란히 피어올랐을 것이다

바람이 분다
들판은 여전히 아름다운 봄이었고
유골은 그믐을 품고 따사로운 햇살 아래 놓여 있다
눈석임, 아직 녹지 않은 고요한 물줄기가 유골의 깊은 골을 따라 흘러내렸다
평화로운 완충의 지점이
미풍에 나부끼고 있었다

유골은 여전히
그믐과 폭우 속의 총성에 경악했지만
따사로운 햇살이 다만, 유골의 실종을 더듬고 있었다

누구에게도 발견되지 않는 날들이었다
때는 봄이었고
곧이어 여름이 오고 가을이 오고 겨울이 흘러갔다
여전히 들판은 아름다웠고

때는, 봄이었다

가자Gaza

무덤 속의 소녀가 무릎을 세우고 석양을 바라보고 있었다. 공중에 예리한 상처를 만들며 별똥이 떨어졌다. 강물 위로 소녀의 무릎이 선연히 빠졌다. 비가 내리고, 검은 우산을 쓴 사람들이 지나갔다. 소녀의 무덤가에 꽃이 피었다 지고 있었다. 무덤가의 꽃이 무료한 한 점 폭풍을 듣고 있었다.

검은 구름의 폭풍 속으로, 돌이킬 수 없는 공포가 지나갔다. 공포의 궤적을 향해 눈부신 날들이 날아갔다. 소녀의 무덤가에는 언제나 꽃이 피었다 지곤 했지만 끝내 열매를 맺진 못했다. 공습의 끝에 몇 개의 어둠이 망설였다. 발아를 기다리는 씨앗처럼, 무덤의 소녀가 웅크리고 있었다. 소녀의 썩은 눈망울이 텅 빈 동공을 향해 주저앉고, 무덤의 깊이를 향해 몇 개의 궤적이, 환하고 섬뜩하게 들어서곤 했다.

소녀의 무덤가에 꽃이 피었다 지는 계절이었다. 모두들 어디론가 사라지는 순간이었다. 무덤 속의 소녀가 씨앗을 움켜쥐고 터벅터벅, 무덤의 행렬을 향해 걸어나왔다. 무덤가의 꽃은 무수한 폭풍의, 차마 아름다운 비명을 듣고 있었다. 검은 구름의 궤적을 향해 소녀의 눈동자가 산산이 쏟아졌다. 산산이 쏟아지며 수많은 무덤을 향해 타올랐다. 어느 장엄한 날의 불길이었다. 장엄한

오후는 고요했고, 휴일은 가늘고 긴 궤적을 그리며 유성우의 공중으로 가득했다.

오늘의 커피

붉은 열매 선연히 따며,
소년은 말이 없다
소년의 손목은 앙상했지만 꽃이 흐드러졌으므로
그것은 다만 아름다웠다
수없이 많은 소년의 손목이 수없이 많은 나무에 매달려,
온통 향기로운 한 잔의 피를 뚝뚝 흘리고 있었다
아름답고 고단한 개화가
바람에 흔들리며
수없이 많은 소년의 손목을 무심히 바라보고 있었다. 비가 오고
또다시 꽃이 피는 순간이었다
소년의 손목은 핏빛 열매를 들고 빗줄기 너머의 개화를 떠올리고 있다
끊임없이 꽃을 피워내는 놀라운 개화가 소년의 눈망울에 고단하게 들어선다
사소하고 고단한 슬픔을 향해 맹렬히 매달린
핏빛 열매,
뚝뚝 떨어지며 향기롭다
가지마다 매달린 소년의 손목이 배시시, 웃음을 흘린다
꽃은 흐드러졌고, 건기를 지나치며 열매는, 선연한 핏빛으로 물들었다
소년의 손목이 핏빛 열매에 젖어 붉게 물든다

수없이 많은 한 잔의 군락 앞에서 소년은
한 잔의 붉은 열매를 쥔 채 눈물을 흘리고 있다
무수히 많은 소년의 손목이
온통 향기로운 피로 물들었지만
소년의 손목은, 한 잔의 붉은 열매 앞에서
언제나 경건했다
붉은 열매를 따며 소년은
여전히 말이 없고
꽃이 흐드러졌으므로 그것은 다만
아름다울 뿐이었다
아름다워, 더이상 향기롭지 않은
한 잔의 피를 뚝뚝 떨어뜨릴 뿐이었다

디아스포라

당신의 심장을 따라 바다가 출렁였고, 당신은 이내 구름을 헤아리며 잠이 들었다
심장을 떠난 피가 지친 몸을 끌고 돌아오는 날이면
당신은 두근거리는 뜨거움과 기억할 수 없는 과거를 사이에 두고 이역의 먼 바다를 떠올렸다

이것은 먼 항해의 이야기이지

항해의 궤적을 따라 물고기가 넘쳐났지만 당신의 해역에는 돌아갈 수 없는 뜨거운 피가 거대한 해구를 향해 창백하게 쏟아졌다
난파된 해역마다, 심장을 떠난 피가 흐느낀다고
당신은 굳게 믿었다

어쩌면 이것은
돌아갈 수 없는, 머나먼 전생의 이야기

더이상 은빛 고기 떼는 날아오르지 않았고, 당신은 심장을 꺼내 도륙당한 혈관의 거대한 흐름을 어루만졌다
당신은 살점을 도려내며 더이상 바다를 신뢰할 수 없었다

난파된 해역마다 들리지 않는 음역이 철새를 따라 날아갔지만
얼어붙은 이국의 물고기 떼는 당신의 뜨거운 혈관을 향해 돌아가지 못했다

구름을 헤아리며 밤이 왔지만
당신은
너무나 먼 해역에 홀로 외로웠으므로 심장은 쓸쓸히 타올랐다

이것은, 머나먼 이생의 이야기

팔레스티나
당신의 피는 홀린 듯,
도륙당한 혈관을 따라 정처 없고

머나먼 이국의 바다에
끝이 없는 전생과 이생이

그저 아득하게 흐느끼고 있었다

국경의 밤
—공무도하가*

마지막 총성이 울리자 그것으로 끝이었다.

얼어붙은 강물 위로 캄캄하게 피가 번졌고 몇 마리 새가 헐벗은 숲의 정적을 지나 날아올랐다. 소금을 팔러 간 남편도, 남겨진 아내도 없는 밤이었다. 찾아올 옛 애인도, 죽어서 실려 갈 말 한 마리 없는 밤이었다. 그믐이었고, 숨죽인 도강이 끝을 맺는 순간이었다. 공무도하 공무도하. 어쩌면 건너지 말아야 했을 강이었다. 공경도하 공경도하. 어쩌면 건너야만 했던 강이었다. 얼음 밑으로 강물의 흐르는 푸른 소리가 쩡쩡 울렸다. 마지막 총성이 울리자. 두만강 푸른 물을 관통한 그믐이 뒤를 돌아보았다. 어찌할 수 없는 순간이 강 위에 누워, 강물의 소리를 비로소 듣고 있었다. 국경의 밤이 저문다. 그믐의 밤을 더듬는 도강의 최후가 사라지는 순간이다. 돌이킬 수 없는 지점에 이른, 숨 가쁜 밤이 아슬하게 사라지는 순간이다. 공무도하 공무도하. 그러나 건널 수밖에 없는, 두만강 푸른 물 초조한 그믐을 향해 숨을 멈추는

캄캄하고 섬뜩한 우리들의, 국경의 밤

* 「국경의 밤」(김동환)과 「공무도하가(백수광부의 처)」의 이미지를 차용하여.

4부

레슬러는 마지막 힘을 다해
한없이 가벼워진 숨을 놓는다

시

당신들의 모델하우스에는 수많은 당신들과 하나뿐인 당신들로 붐벼요.
안락하고 아름다운 모델하우스에는요.

풍요로운 불빛 아래, 아름다운 이미지들이 가득하고요.
친절하고 세련된 안내원은 눈부신 미소로 당신들을 맞이해요.
당신들의 꿈을 위해 마련된 그곳에서 수많은 당신들의 아이들은 행복한 미래의 그 어떤 이야기에 귀를 기울여요.
당신들의 이야기는 거침이 없고요.

행복한 모델하우스는 방문객들로 언제나 넘쳐나지요.
수많은 당신들과 하나뿐인 당신들의 이야기를 언제나 나 역시
사랑하지만,
세계는 온통 모델하우스와
수많은 당신들과 하나뿐인 당신들뿐이군요.
모델하우스의 불이 꺼지면
돌아갈 집이 어쩌면 당신에겐 없어요.
모델하우스의 스피커에서 감미로운 음악이 흘러나와요.
당신의 음계는 아름답지만 하루 종일 듣는 당신의 목소리는 오래도록 지루하고 불행할지도 몰라요.
오래된 현악기의 음계처럼, 짚어낼 수 없는 수많은 지점이 어쩌면 나는 그리워요.

수많은 당신들과 하나뿐인 당신들의 아름다움이 모델하우스의 주변을 서성이지만 그곳에만 오래도록 머무를 수는 없어요.
우리들의 미래는 모델하우스의 첨탑 위에서도 사랑스럽고
모델하우스 저편 타오르는, 오래된 도시를 향해서도 사랑스러워요.
오래된 도시로부터 모든 길은 모델하우스를 향해 끊어질 듯 이어졌어요.
모델하우스와 당신들을 향해 오래된 도시의 이야기가 울려퍼져요.
오래된 도시를 향해 불 꺼진 모델하우스의 심야가 어쩌면 돌아오고 있어요.
처음부터 길은 끊어진 적 없는지도 몰라요.
하지만
모델하우스에는 수많은 당신들과 하나뿐인 당신들이

그러나

투명

숲은 거대했고 나무는 무성했다. 숲을 둘러싼 적막은 언제나처럼 숲을 경외했지만
모든 경외는 어느새 흉흉했다. 숲의 어둠 속으로 알 수 없는 소문이 선득거렸다.
실체는 없었고 마을을 향한 다리에는 물이 넘쳐흘렀다.
가지를 뻗어 숲은, 불온한 태양을 가로막았다. 무성한 이파리가 허공을 향해 무표정하게 자라났다.
마을 사람들이 사라졌다는 소문이 들려오기도 했지만 무엇 하나 분명한 것은 없었다.
무성한 숲은 불온하였으나
숲에 도달한 사람은 아무도 없었으므로
모든 것은 풍문 속의 불륜이거나, 완벽한 살인과도 같았다. 가지를 뻗어
숲의 실체는 더욱 무성해졌지만
실체는 없었고 소문은 완벽했다. 그렇고 그런 연애처럼 숲의 실체는
단단하게 완성되어갔다.
어느덧 숲의 어둠에는 주체할 수 없는 깊은 어둠이 깃들었다.
숲은 거대했고 소문은 저열했다.
숲의 너머로부터 거대한 불길이 하늘을 뒤덮으며 찬란했다.
마을을 향해 숲의 가지와 뿌리가 맹렬히 경악했다.
숲의 실체가 환하게 타오르며 사그라지기 시작했다.

숲을 잉태한 씨앗이 온통 하늘을 뒤덮으며 어느덧 투명하게 날아오르고 있었고

숲은 여전히, 여전히 아름다웠다.

당신의 복화술

당신의 진실을 향해 나는 가까워져요. 당신의 음성을 따라 나는 정말 당신이 되어가요.
모든 진실은 당신에게 있지만, 나의 입을 통해 드러나는 당신의 실체는
찾을 수 없어요. 말을 하면 할수록 당신은 사라지지만
사라진 자리마다 사람들의 탄성이 온통 아름답게 피어나네요.
진실은 경건하지만, 모든 실체가 진실은 아니에요.
진실은 당신의 음성이 아니라 나의 입이지만
진실은 나의 입이 아니라 당신의 손끝이에요.
거울 속의 완벽한 세계처럼 모든 것은 매혹이에요.
거울 속의 수많은 당신과 나에게
진실은 매혹당해요.
진실을 감추기 위해 당신의 온 생은 무표정해요.
진실을 말하기 위해 나는 눈물조차 흘리지 못해요.
눈을 감고 귀를 기울여요.
바라볼 수 없는 곳에 당신들의 수많은 이야기가 있어요. 수많은 이야기의 어쩔 수 없는 모든 진실이 있어요.
태연하게 해가 지고, 강물이 흐르고 죽은 자들은 무덤 속에서 새파랗게 흐느끼고 있어요.
자, 어서 말을 해봐요. 당신의 모든 진실을 말이에요. 당신의 손끝으로 사라지는 당신의 음성을 말이에요.
거울 밖에는 당신이 있고
거울 안에는 내가 있어요.

당신이 되어가는 당신의 모든 진실과
당신이 전부인 나의 모든 이야기가 있어요.

땐스홀을 허하라

당신은 춤을 춘다
자동차는 무섭게 질주한다
새파랗게 파닥이는 만국기의 상점 앞에서 당신은

디스코 리듬에 맞춰 울음을 터뜨린다
눈은 내리고
연인들은 가볍게 이별을 이야기한다

이생의 당신 옆에서 다음 생의 여자가 눈발을 견디고 있다
당신은 춤을 추고
다음 생의 여자가 당신에게 손을 내밀지만
당신의 손은 이생이 다가도록 춤을 추고, 당신은 다만
이곳은 땐스홀이 아니라고 조용히 읊조릴 뿐이다

황혼이 당신의 뺨을 더럽게 핥는다
당신의 뺨 위로 지하도 계단에 웅크린 상투적인 불운이 흘러간다

이생이 다가도록 당신은 그저 춤을 추고

켜지지 않는 네온 앞에서 연인들은 오래도록 작별을 고한다

수배되지 않은 죽음이 칼을 품고 거리를 서성였고
불운은 언제나 낯선 순간이었다

당신의 불운은 그저 되돌릴 수 없는 먼 미래처럼 느껴졌다
다음 생의 여자가 당신을 어루만지며 눈물을 흘린다

여자의 눈물을 바라보며
당신은 여전히 디스코 리듬에 맞춰 춤을 추고 있는 중이다

온몸을 비틀며, 당신의 리듬이 붉게 솟구친다
이 밤이 다가도록
땐스홀에 입장하지 못한 당신의 붉은 혀가 주렁주렁 매달린 채
디스코 리듬에 맞춰, 디스코 리듬에 맞춰

풀밭 위의 식사

소풍을 가야지
단풍이 뚝뚝 떨어지는 날
떨어지는 단풍처럼 뚝뚝 눈물을 흘리며
더러운 신파로 가득한 날들을 지나쳐
소풍을 가야지

샌드위치를 싸고
신선한 오렌지주스와 과일도 몇 조각
즐겁고 행복하게
즐겁고 행복하게
소풍을 가야지

진지한 날들을 위해
건조한 휴일과 무의미한 예배의 날들을 위해
소풍을 가야지
굶주린 식욕을 창백하게 들고서
성스럽고 경건하게
소풍을 가야지

텅 빈 몸과 다리를 끌고
어둡고 깊은 발자국을 따라
가고 또 가야지

굳게 다문 입술과
흉기처럼 도사린 혀를 감추고
가야지
풀밭 위의 식사를 위해
아름답고 사랑스런 아내와 아이들을 위해
다만 화창하게 웃으며
소풍을 가야지

한 손엔 솜사탕
한 손엔 즐거운 카메라를 들고
우걱우걱 김밥을 먹으며
눈물을 뚝뚝 흘리며
가고 또 가야지

소풍을 가야지
고독한 질주와 아이들의 붉은 눈물을 위해
진지한 슬픔과 돌이킬 수 없는 날들을 위해

가야지
소풍을 가야지
절뚝이는 맨발을 끌고
맨발의 빛나는 상처를 흘리며
가고 또 가야지

설원의 장례

떠나지 못한 죽음이 설원을 어슬렁거리는 밤이었다.
쌓인 눈 위로 맹수의 발자국이 얼음처럼 새겨져 있는 밤이었다.
장례의 밤은 깊어가고,
언제 다녀간 것인지, 맹수의 발자국은 아직도 선연한 온기를 품고 있다.
굶주린 식욕처럼 조용히 눈은 내리고, 죽은 자를 위한 밤이 소란스럽게 깊어갔다.
침엽수림 꼿꼿이 선 설원 위로 야성을 잃은 독수리의 눈매가 힘없이 떨어졌다.
장례의 밤은 깊어가고,
앙상하게 드러난 설원의 폐부를 향해
무섭게 눈이 쌓이는 밤이었다.
가지 꺾인 옹이마다 맹수의 발자국이 성큼성큼 걸어들어가고 있다.
발자국은 옹이를 밟고 무릎을 꺾었을까.
섬뜩한 자정 속으로 설원의 속살이 눈을 맞는다. 맹수의 발자국이 하염없이 설원의 굶주린 식욕을 바라보고 있다.
옹이마다 굶주린 설원이 선명하다. 맹수의 발자국 위로 눈이 쌓인다.
장례의 밤은 깊어가고,
설원을 움켜쥔 맹수의 흔적은 이내 전설이 된다.
떠나지 못한 죽음이 서성대는 밤이었다. 설원의 끝에 파랗게 불이 피어오르는,
잊힌 맹수의 발자국이 선명한
오래된 장례의 밤이었다.

그림자

그림자가 밥을 먹는다
우물가에 사내와 나란히 앉아 묵묵히, 밥을 먹는다
정오를 지나 황혼 녘에 이를 때까지
그림자의 식욕은
놀랍도록 고요하다
사내는 그림자를 따라 말없이 한 줌 식욕이 되어가고 있다
단 한 번도 그림자인 적 없었던 사내와
단 한 번도 사내인 적 없었던 그림자가
여전히 사내이기도 한 그림자와
여전히 그림자이기도 한 사내와 함께
우물의 메마른 바닥을 굽어보며 밥을 먹는다
사내는 거대하게 부풀어오른 저녁 해와, 하염없는 그림자의 식욕을 바라보기도 한다
끊임없이 밥을 먹는 것은 그림자였지만 식욕으로 부풀어오른 것은 사내였다
검은 입을 지나친 음식이, 단 한 번도 사내인 적 없는 그림자의 내장을 따라 쏟아졌다
꾸역꾸역, 그림자가 밥을 먹다 말고 가끔씩 사내를 돌아보았지만 그때마다 사내는
등 뒤로 쏟아지는 황혼 녘을 바라볼 뿐이었다
단 한 번도 그림자인 적 없었던 사내는 여전히 고개를 돌리고 있다
사내의 표정이 어떠했는지, 사내의 눈길이 무엇을 담고 있는지

그림자는 당연히 알 수 없다
사내의 얼굴을 드러낸 윤곽이 예민하게 햇살을 부순다
사내의 어깨 너머로 황혼 녘이 보이는 듯도 했지만
그것은 어깨 너머의 일이었으므로 그림자는 결코 황혼의 순간을 볼 수 없었다
단 한 번도 그림자인 적 없었던 사내와
단 한 번도 사내인 적 없었던 그림자가
여전히 사내이기도 한 그림자와
여전히 그림자이기도 한 사내와 함께
쓸쓸히 밥을 먹는다
메마른 우물가에 앉아 쓸쓸히 밥을 먹으며
놀랍도록 고요한 한 줌 식욕이 되어간다
정오를 지나 황혼 녘에 이를 때까지

카니발

오늘은 축제의 밤이야
검은 피와 불꽃이 빛나는
불행한 장미의 밤이지
붉은 장미를 바라보며
카니발의 행렬이 폭소를 터뜨리지
고깔모자를 쓴 광대는
신나는 나팔에 매달려
말랑하고 부드러운 리듬을 만들어내지
카니발의 밤은
깊고 아름다워
하늘을 가득 메운 색종이가
바람을 타고 허공을 맴도는,
그런 밤이야
카니발의 여인은 노래를 부르며
나팔 속으로 행진을 하고 있어
카니발의 큰북이
심장을 따라
붉은 리듬을 만들고 있어

오늘은 붉은 심장의 밤이지
벌거벗은 여자들은
광대들의 고깔모자를 빼앗아
공중에 던지지
흥겨운 공중은
빙글빙글 도는 고깔모자로 가득해
검은 피와 불꽃이 빛나는
검은 왕관의 밤
여왕은 빛나는 지휘봉을 들고
최선을 다해 카니발을 지휘하지
나팔과 큰북이
검푸른 어둠을 서성이는 밤
카니발 너머에는
동굴처럼 길고 막막한
어둠이 기다리고 있지
어둠을 향하면서도
끊임없이 즐겁고 유쾌한
카니발의 행렬
여왕은 최선을 다해 웃고 있지
최선을 다해,
지휘봉을 돌리고 있지

고깔모자와 검은 피와
불꽃이 빛나는,
검은 왕관의
카니발 위에서

구름의 버스

A를 태운 구름의 버스가
구름 위를 질주한다
말랑하고 촉촉한 구름이
뭉게뭉게 차창을 지나친다
A는 가방을 무릎에 올려놓고
구름의 샌드위치를 한입 베어문다
입안 가득
구름의 샌드위치에 피어난
푸른 채소가 들어선다
버스는 채소처럼 가볍게
A의 무게를 싣고
구름의 도로를 질주하는 중이다
A의 무릎에
채소처럼 가벼운 가방의 무게가 담긴다
가방의 무게가 A의 일상에 매달려
구름 위로 날아간다
화사하게 덜컹거리는 가방의 무게
A의 구두 밑으로 떨어지는

가방의 무게는 구름의 질주를 따라
깊고 낯선 궤적을 남긴다
구름의 버스를 탄 A의 어깨 위로
태양이 검게 매달린다
구름 아래는
구름의 빌딩과
구름의 다리와
구름의 속도가
뭉게뭉게 피어난다
A의 주머니에서 구름이 툭, 떨어진다
구름의 버스는 구름의 정류장에서
구름의 A를 내려주고
구름의 B와
구름의 C와
구름의 D를 태우고 날아간다
구름의 버스가 날아간다
구름의 다리와
구름의 도로를 지나
구름 속으로 뭉게뭉게 날아간다
푸른 채소의 샌드위치와
가방의 무게를 담고

말랑하고 촉촉한 구름을 지나쳐
구름의 종점을 향해,
힘차고 가볍게
날아간다

오늘은 어린이날

오늘은 어린이날
즐거운 풍선의 날이야
우리들의 마음, 두둥실 날아오르는
어린이의 날이지
행복한 선물을 손에 쥐고
기념사진처럼 웃음을 머금는,
그런 날이야
어린이들은 놀이동산 위로
휘파람을 펼쳐 보이지
휘파람 속으로
엄마 아빠의 손을 잡고 깔깔깔
화창한 웃음이 해맑게 날아가는 날이지
놀이기구는 아찔하게 날아가며
아득한 비명을 지르지
놀이동산의 골짜기로
엘리스의 토끼가 뛰어오르지
토끼는 어린이날을 뛰어다니며
무럭무럭 자라는 풀밭을 먹어치우지

엄마 아빠 없인 가지 못하는,
우리들 세상
놀이동산으로 가는 길은
발걸음도 가볍게
어린이를 담고 있지
아아, 오월은 푸르구나
우리들은 자란다
어린이를 위해 준비된
행복한 메뉴를 먹고
세상의 모든 어린이는
한 손엔 선물도, 가볍게 찰랑찰랑
푸른 하늘을 배경으로
넘치는 행복이 인화되는,
엄마 아빠 없인 가지 못하는
오늘은 어린이날
우리들 세상

크리스마스 캐럴

크리스마스 시즌이었어
라디오에선 폭설처럼 캐럴이 흘러나오고
눈 속에 갇힌 자동차는
사라진 길을 더듬고 있었지
고요하고 거룩한 크리스마스 시즌
눈 속에 갇혀 하얗게 얼어붙은
남자의 어깨 너머로
장엄한 캐럴이 어둠에 묻히고 있어
눈 속에 파묻힌 길은
되돌릴 수 없는 순간이 되지
캐럴은 하염없이 눈 위를 서성대며
크리스마스 시즌의 어느 날을 지나치고 있어
추위가 나부끼는
외롭고 쓸쓸한 크리스마스 시즌
남자의 죽음은 마지막 숨을 머금고
서늘하게 얼어붙은
라디오의 캐럴을 바라보고 있어
남자는 한 줌 바람을 손에 쥐고

캐럴을 듣고 있어
라디오의 캐럴은
고요하고 거룩하게
크리스마스 시즌 속으로 사라지고 있어
사라진 길 속에 갇힌 자동차를 배경으로
어둠에 묻혀 울려퍼지고 있어
고요히 잠든 남자의
크리스마스 시즌 속으로
성큼성큼 걸어들어가고 있어
오늘은 크리스마스 시즌이야
고요하고 거룩하게 어둠에 묻힌 밤이야
주의 품에 안겨
감사 기도 드리는 그런 밤이야
아기도 잘도 자는
아기도 잘도 자는

놀이터와 그네와 소녀

저물녘이 총총히 내려오는 순간이었지
소녀는 그네에 묶여
바람에 흔들리고 있었어
그네가 흔들릴 때마다, 반짝
햇살이 눈부신 물결을 만들었지
친구들은 모두 어디로 간 걸까
벤치 위의 엄마는
엄마의 신발은
놀이터를 어슬렁거리던 떠돌이 개는
모두, 어디로 간 걸까
소녀는 궁금했어
아무도 오지 않는 놀이터에서 소녀는
그네의 녹슨 소리에 매달려
흔들리고 있었지
소녀를 바라보던 비둘기 한 마리가
구구구, 소녀의 어깨 위에 내려앉았어
비둘기는 싱그러운 소녀의 가슴을
예리하게 더듬었지

소녀의 가슴이 축축하게 피로 물들었어
소녀는 그네에 묶여
모래 위로 떨어지는 핏방울을 보았어
놀이터에는 아무도 오지 않아
아무도 소녀와 놀아주지 않아
비둘기의 배설물이 쌓인 모래 속에
소녀의 다리가 꽂혀 있어
놀이터에 어린이는 없어
소녀는 그네에 묶여
흔들흔들, 녹슨 소리를 만들고 있어
녹슨 소리에 매달린 소녀는
무럭무럭 자라 씩씩하게 그네를 탈 거야
아무도 오지 않아도,
어린이가 없어도 좋아
즐겁고 신나는 그네가 있으니까 말이야
즐거운 놀이로 가득한
놀이터가 있으니까 말이야

엘도라도

엘도라도*를 탄 남자는 말이 없다.

석양을 받은 엘도라도의 질주가 낙원을 향해 달려가고 있다. 남자의 목덜미가 석양에 젖는다. 목덜미에 내려앉은 석양이 주름을 따라 깊은 골의 어둠을 만든다. 모래 폭풍의 사막을 관통하는 황금빛 엘도라도의 질주는 여유롭고 우아하다.

낙원을 향해 달려가는,

건조한 석양이 내려앉는 저녁이었다.

남자의 뒤로 끝없는 대륙의 횡단이 사라진다. 선글라스에 비친 길은 선명한 속도가 된다. 저물녘의 공중이 엘도라도의 질주를 향해 눈부시게 쏟아진다. 라디오에선 리듬이 흘러나오고

황금의 나라 엘도라도로 오세요.

감미로운 은유에 몸을 실은 가수가 부드럽게 춤을 춘다.

황금의 나라 엘도라도로 오세요.

남자는 아직도 말이 없고 도로의 끝은 보이지 않는다.

엘도라도의 라디오에선 여전히 리듬이 쏟아지고

황금의 나라 엘도라도로 오세요.

엘도라도는 건물 한 채 없는 도로의 끝을 향해 막막하게 달려간다.
대륙의 끝을 향해 달려가는 황금빛 엘도라도.
한 무리의 들소가 엘도라도의 질주를 바라보고 있다.
낙원을 향해 달려가는,
외롭고 무서운
황금빛 질주의 딱딱하고 건조한 궤적을
무심하게 바라보고 있다.

* 캐딜락 엘도라도. 미국의 자동차 메이커인 캐딜락에서 생산된 고급 승용차. 테일핀 디자인이 인상적인 1959년형 엘도라도가 유명하다.

격발의 순간과 명징한 감각

탄환이 발사되자 기분 좋은 반동이 일었다
어깨가 잠시 들썩였고
오래도록 귀가 먹먹했다

노리쇠를 벗어난 탄피가 마른 땅 위로 떨어졌다

죽음의 순간이 잠시,
이편을 바라보기도 한 것 같았지만
모든 것은 이미
돌이킬 수 없었다

흘러나온 피가 천천히 말라갔다
감지 못한 눈은
격발의 순간을 바라보며 참담했다

두고 온 무엇을 떠올렸을까
하나의 생애가 천천히 수몰되며
돌아가야 할 벼랑이 끝내 마음에 걸렸다

사소한 죽음과 총열을 향해
명징한 감각이 선명하게 날아올랐다

탄환이 발사되자
기분 좋은 반동이 일었다

어깨가 잠시 들썩였고

죽음은 사소했으므로
오래도록, 귀가 먹먹했다

산타클로스

선물을 줘요 산타클로스
행복한 크리스마스를 위해
선물을 줘요
고요하고 경건한
그런 밤은 필요 없어요
루돌프가 썰매를 끌고
검은 새의 숲을 향해 날아가는
크리스마스의 계절이군요
루돌프의 썰매는
오래된 구름으로 가득하지요
오래된 구름은 딱딱하고
메마른 주름을 가지고 있어요
메마른 주름 속으로
크리스마스가 들어서네요
붉은 해가 기울어가는 언덕 너머에는
루돌프의 설원이 펼쳐 있어요
얼어붙은,
메마른 추위의 저녁이

선명한 결이 되어
단단하게 입을 벌리고 있어요
산타클로스,
루돌프의 썰매가 날아가고 있어요
루돌프가 날아간 곳을 향해
크리스마스 파티의 폭죽이 들어서지요
산타클로스,
크리스마스 나무에 앉아
무얼 하고 있나요
검은 새의 숲을 향해 날아가는
루돌프의 썰매가
당신의 눈망울로 들어서는 것이 보여요
크리스마스 나무는 뿌리를 더듬어
루돌프의 설원을 떠올리고 있지요
선물을 줘요 산타클로스
오늘은 크리스마스 파티의 날이잖아요
행복한 크리스마스의 계절이잖아요
산타클로스
제발, 산타클로스

송성일*

레슬러의 등 뒤로 나비가 날아간다.

나비를 바라보는 레슬러의 몸이 활처럼 휜다.

활처럼 휜,

레슬러의 눈망울에 나비의 궤적이 담긴다. 육중한 그의 몸을 따라, 물러설 수 없는 순간이 지나간다. 레슬러는 온 힘을 다해 중력을 견디고 있는 중이다.

장외로 날아가던 나비가 젊은 레슬러의 영역으로 들어선다. 바닥을 밀어내는 레슬러의 손끝은 캄캄한 허공이 된다.

캄캄한 허공으로

레슬러의 안간힘이 들어선다.

레슬러는 매트를 가로질러 흐르는 검고 긴 강물을 바라본다. 강물의 하류에는 죽은 물고기 떼가 군락을 이루고 있다. 죽은 물고기의 아가미 위로 나비가 내려앉는다. 레슬러의 안간힘을 관통해 흐르는 강의 물결이 허공으로 차오른다.

나비가 되어가며 레슬러는

죽은 물고기의 아가미가 놓지 못한

마지막 숨의 흔적을 돌아본다. 레슬러는 나비를 따라 성큼성큼 공중이 된다.

젊은 레슬러의 숨결 한 조각,

매트에 눌려 납작해진 귀를 지나쳐 짧게 가라앉는다. 깊은 바닥이 가벼운 몸을 맞는다. 그의 몸은 텅 비어 있다.

고요하게 흐느끼며 나비가 날아간다.

레슬러는 마지막 힘을 다해 한없이 가벼워진 숨을 놓는다.

부릅뜬 두 눈 너머로

나비의 허공이 날아간다. 죽은 물고기 가득 피어 있는
레슬러의 안간힘 속으로

* 고(故) 송성일(1969~1995). 레슬링 선수. 1994년 제12회 히로시마 아시아경기대회에서 위암 말기의 몸으로 그레코로만형 백 킬로그램급에서 금메달을 획득했다.

해변의 식당

우아한 식욕이 해변의 식당에 앉아
바다를 바라보고 있어
늙은 피아니스트는 온화한 미소를 짓고
다이애나*를 연주하지
젊고 싱싱한 다이애나가 건반 위를 날아다니는,
식욕이 흥겹게 번뜩이는 밤이지
늙은 피아니스트의 다이애나를 배경으로
사람들은 즐거운 스테이크를 먹고 있지
반짝,
빛나는 나이프를 들고
왕성한 식욕을 즐기는 중이지
천천히
천천히
결코 서두르는 법 없는
그들의 식사는 여유롭고 평화롭지
은밀하게 다이애나를 어루만지는 밤
건반 위의 다이애나는
딩동댕 즐겁게 식당을 돌아다니며

촛불을 켜고 있지
축축하게 번지는 촛불 속으로
알맞게 익은 고기가
행복하게 걸어들어가는 밤이지
해변의 식당에서는
누구나 다이애나를 가질 수 있지
누구나
어여쁜 다이애나와의 한때를 보낼 수 있지
세상의 모든 아내와 어린 딸이 아니어도
다이애나와 함께 행복할 수 있지
촛불과 건반 위의 다이애나를 바라보며
완벽한 해변의 식사를 할 수 있지
늙은 피아니스트의 손가락은
수없이 많은 해변의 이야기를 알고 있지
건반 위의 다이애나와
우아하고 행복하게
반짝,
빛나는 나이프의 이야기도 알고 있지
해변의 식당에는
늙은 피아니스트와 다이애나가 있지
건반 위의 다이애나를 어루만지는

해변의 늙은 식욕과
세상의 모든 아내와
어린 딸이 있지

* 폴 앵카의 노래 〈다이애나〉.

당신과 나

당신,이라고 부르면 언제나 떠오르는
당신의 채찍

비가 내리면 더욱 생각나는,
매혹과 탐닉으로 가득한, 당신의
세계

아름다운 긴장으로 가득한 당신의 채찍이
나를 감쌀 때
끔찍하도록 사랑스러운, 당신의
감각

가학이라는 이름의 당신과
피학이라는 이름의 나

당신의 채찍이 나의 등과 허벅지를 핥을 때
나의 가슴과 목덜미를 스칠 때, 내 몸 안에 더욱 깊숙이 들어오는
당신

온 힘을 다해 내 안에 들어오는
당신

당신의 채찍이 공중을 가르는 소리가 들려
허공의 결을 가르는 아름다운 곡선이 들려
당신의 탄성(歎聲)과 나의 탄성(彈性)

당신의 채찍에 피 흘리고 비명을 지르면서도
결코 잊을 수 없어 그리운,

당신이라는 이름의 추억
악몽처럼 비명을 핥아 감미로운,

당신의 리듬
하늘을 향해 활처럼 휜 당신의 손과,
손과 한 몸이 된 당신의 채찍과,
채찍의 허공과,
허공을 가르는 비명

상처와 한 몸이 되는 당신의

채찍

가학이라는 당신과
피학이라는 나

선명하게 아름다운, 당신이라는 이름과
당신이라는 나의,
그림자

해설

검은, 축제의 나날들

고봉준(문학평론가)

조동범의 시는 검다. 출구를 잃어버린 현대 문명의 절망과 환멸, 거대도시가 발산하는 빛의 이면에 도사린 죽음의 정령들, 이 불길하고 음울한 비일상적 시간의 페이지들이 어둠의 색채를 통해서 흘러나온다. 조동범의 시는 문명에 새겨진 죽음의 흔적을 발굴하는 고현학적 시선에 의해 관통되고 있으며, 도시적 일상을 포위하고 있는 다양한 풍경들 안에서 죽음의 기호들을 읽어내는 그의 비극적 세계관은 무차별적 죽음이라는 묵시록의 시간을 불러들인다. 이 검은 묵시록의 세계 속에서 일상과 죽음의 경계는 극단적으로 모호하다. 무차별적인 죽음의 세계에서 일상은 '죽음'이 등장하지 않아도 충분히 비극적이며, 삶-일상과 죽음-비(非)일상의 경계는 불투명한 상태로 위태롭게 유지된다. 시인은 도시 문명에 들러붙어 있는 죽음의 그림자를 한층 극단적인 지점까지 밀어붙인다. 문명의 묵시록을 신체의 절단이라는 극단적인 이미지로 제시하고, 죽음의 윤무라는 충격적 이미지를 통해서 시인은 예외적 일상으로서의 축제와 죽음을 뒤섞어버린다. 이 거대한 죽음의 세계는 곧 이성의 파탄을 알리는 신호탄이기도 하다. 하여, 조동범의 시를 일단 죽음이 완성한 어둠의 미학이라고 불러도 좋겠다.

조동범의 시를 어둠의 미학이라 칭하는 것은 비단 그의 시가 '죽음'에 집착하기 때문만은 아니다. 그의 시에는 '죽음' 그 자체보다 중요한 것이 있으니 그것은 그의 시가 미래에의 전망을 봉쇄당한 현재적 환멸의 경험을 응축하고 있다는 것이며, 죽음을 말하고 응시하는 특유의 객관적 시선이 어떠한 인간적 가치도 투영하고 있지 않다는 사실이다. 그러므로 문제는 항상 '죽음' 자체가 아니라 그것의 맥락이고, '죽음'을 대면하는 시선의 태도이다. 조동범의 시는 죽음에 관한 보편적 접근법, 즉 '죽음'에 시간과의 경쟁이라는 실존적 의미를 부여하는 방법은 택하지 않는다. 그의 시에서 한 개체의 비극적 종말을 의미하는 '죽음'은 항상 익명적 존재의 죽음, 다시 말해서 화자 '나'와는 아무런 관련이 없는 사회적 현상의 일부이다. 우리는 때때로 이 무심한 시선에 걸린 죽음의 형상이 한층 예리하게 다가오는 것을 경험한다.

죽음의 첫번째 얼굴 : 신체성

조동범의 시에서 '죽음'은 현대성의 기호이다. 그것은 유사 이래 반복되어온 보편적인 죽음이 아니며, 유한한 존재인 인간이 필연적으로 맞이하게 되는 운명적인 죽음도 아니다. 오래전 인간은 자신의 죽음을, 그 죽음의 국면을 지배하는 주권자였다. 이 전통적인 죽음 안에서 삶이 죽음에 의해 급작스럽게 단절되는 경우는 무척 드물었다. 그것이 전쟁으로 인한 죽음 같은 것일지라도. 그러나 현대적인 죽음은 "우리는 우리가 짠 거미줄에 걸려 있다"라는 한 철학자의 말처럼 문명에 의해 만들어진 위험의 필연적 결과물이다. 도시적인 가치가 삶의 표준이 되어버린 세계에서 더이상 원형으로서의 자연은 존재하지 않고, 죽음 또한 생과 사의 연속적인 순환이라는 모성적 질서의 일부로 이해되지 않는다. '죽음'이 현대성의 기호가 될 때, 그것은 더이상 노쇠나 질병 같은 자연적 상태의 종결이 아니다. 조동범 시의 도처에서 목격되는 다양한 사건 사고는 이러한 현대적 죽음의 흔적들이다.

(1) 목책에 매달린 손이 몸통을 잃고 흐느끼고 있다/ 남겨진 손은/ 사라진 몸통을 애써 더듬어보지만/ 일몰은 아름답고 목책은 견고했다(「전원(田園)」)

(2) 그의 시신이 발견된 곳은 고속도로였다 (……) 하반신이 잘린 채였고 그의 마지막 시선은 내리는 눈발 너머의 막막한 우주를 바라보고 있었다.(「정물」)

(3) 엘리베이터 깨진 창을 통해 터널 안을 바라보던 소년의 머리는 비명도 없이 두고 온 몸통을 그리워했지./ 소년의 몸통은 아파트 복도에 남아, 잘려나간 머리의 아득한 추락을 들었지.(「화창한 엘리베이터의 오후」)

먼저, 조동범의 시에서 '죽음'은 신체적 사건이다. 손과 몸통이, 상반신과 하반신이, 머리와 몸통이 분리됨으로써 유기체로서의 인간 형상이 훼손되는 사건은 '죽음'에 대한 시인의 시선을 선명하게 보여준다. 죽음의 신체성과 그로 인한 신체의 절단은 더이상 인간을 고귀함이나 유기체 같은 고전적인 관념으로 포착할 수 없는 지점을 개시한다. 고딕의 그로테스크한 신체가 고전적인 몸, 중세의 기독교적 신체 표상에 대한 부정이었다면, 조동범의 시에서 절단된 신체들은 모든 것들이 전체 안에서 조화롭게 연결되어 있던 거울상의 세계가 깨어졌음을, 그리하여 거울이 환기하는 조화로운 세계가 더는 불가능하다는 혹독한 진실을 보여주는 시적 장치이다. 그것은 문명 이전의 유토피아적 전체성에 대한 상실을 지시하는 기호이고, 현대의 인간이 오직 대중의 일부로만 살아가야 한다는 주체의 불가능성에 대한 비유이다. 물론, 여기에는 문명 이전의 총체성에 대한 동경의 감정이 없다. 조동범의 시에서 죽음과 대면하는 화자의 객관적인 태도는 이것이 총체성에 대한 비전의 일부가 아님을 분명하게 보여준다.

현대적인 죽음에 관한 시들에서 시인은 철저하게 객관적인 관찰자의 시선을 유지하고 있다. 조동범의 시에서 죽음을 대면하는 화자의 태도는, 주검을 즉물적으로 묘사하고 신문 기사처럼 설명함으로써 풍경으로 만들거나, 죽음의 비극성이 환기되지 않도록 무심한 언어로 진술하거나, 둘 가운데 하나이다. 가령 "그의 시신이 발견된 곳은 고속도로였다. 그를 처음 발견한 운전자는 피할 겨를도 없이 그의 죽음 위를 지나쳐야 했다고 말했다"(「정물」)처럼 죽음의 사건성만을 강조하는 진술방식이 전자에 해당한다면, 주검을 앞에 두고 "무심한 건기를 지나고 있다"(「전원」), "죽음은 사소했으므로/ 오래도록, 귀가 먹먹했다"(「격발의 순간과 명징한 감각」)처럼 애써 죽음의 사소함과 그것을 바라보는 시선의 무심함을 강조하는 진술방식은 후자에 속한다. 이러한 시선과 진술방식은 한 인간의 비극적 죽음에 부여된 제목들과 조응한다. 시인은 절단된 신체를 강조하기는커녕 그런 지배적 이미지를 배제하기로 결심한 듯이 「전원(田園)」이라는 제목을, 고속도로에서 발견된 주검에 대해서는 「정물」이라는 엉뚱한 제목을, 그리고 한 소년의 처참한 죽음에 대해서는 「화창한 엘리베이터의 오후」처럼 비극성이 드러나지 않는 역설적인 제목을 붙였다.

죽음의 두번째 얼굴 : 발견되는 시체들

조동범 시에서 '죽음'은 잔혹하게 훼손된 주검의 형식으로 가시화된다. 신체에서 분리된 피와 살점들이 전람회의 그림들처럼 전시되고, 그로테스크한 이미지들이 죽음의 물질성을 강력하게 환기하는 장면들은 신체의 변화 없는 죽음을, 죽음에 대한 관념을, 상상할 수 없도록 만든다. 신체에 의해 매개된 이 죽음의 물질성은 인간이 그 자체로 숭고하고 존엄하다는 근거 없는 믿음을 전도시키는 효과를 낳는다. 외상적인 충격을 이용하여 인간에게서 고귀함을 박탈해버리는 이들 장면에서 우리는 일상이라는 견고한 지층을 뚫고 올라오는 두려운 낯설음(uncanny)을, 일상의 표면 아래에 억눌려 있는 죽음의 흔적을 본다. 매장되어 있던 시체들의 갑작스러운 등장, 그것은 언캐니가 낯익음의 일부였음을 의미한다. 낯익지 않은 것은 결코 낯선 것이 될 수 없다. 언캐니란 낯익은 것이 낯선 얼굴로 되돌아올 때에만 생겨나며, 그리하여 죽음 충동이 삶 충동으로 위장하고 있는 것이기도 하다.

밤낚시의 계절이 다가왔다

낚시꾼을 위해
안락하고 안전한 방갈로가 제공되었고
밤낚시를 위한 새벽과 지루함 또한 제공되었지만,

오랜 가뭄이었다

낚시꾼은 빈 낚싯대를 앞에 두고 득도에 이르고 있는 중이리라
상투적인 밤낚시를 위해 조금은 음산한,
애인의 황폐한 자궁처럼 깊어가는 밤이었다

지루한 득도를 위해
물고기는 풍요롭지 않았고
저수지는 바닥을 향해 맹렬히 사라지고 있었다

모든 것은 비워졌고
저수지는 바야흐로 바닥이 되어가고 있었다
황폐한 수면은 바닥을 드러내며 온통 경악을 금치 못했다
저수지의 바닥에는 썩지도 않고 부패하는 물고기가 지천으로 끔찍했다

—「소멸」 부분

시체들은 발견되거나 목격된다. 발굴되는 주검들, 이것은 조동범의 시가 보여주는 죽음의 두번째 얼굴이다. 이때 시체들의 출몰 장소가 우리의 일상적 영역과 분리되지 않는다는 사실에 주목하자. 조동범의 시에서 죽음은 이미 삶의 공간 깊숙이 침투해 있으며, 때문에 죽음과 삶의 공간적 경계는 명료하게 구분되지 않는다. 가령 「소멸」에서 '낚시터'라는 공간이 그러하다. 이 시에서 낚시터는 "안락하고 안전한 방갈로"와 "밤낚시를 위한 새벽과 지루함"이 제공되는 일상적 공간이다. 그러니 밤낚시의 낭만을 즐기는 낚시꾼이라면 빈 낚싯대를 앞에 두고 '득도'를 만끽해도 좋으리라. 그러나 어둠이 내려앉은 밤의 저수지는 상징적 재현의 구멍, 즉 비전체성을 의미하는 죽음의 공간이기도 하다. 이 시는 우리가 낚시터의 비전체성을 보지 않는 한에서만 그곳이 일상적 공간이 될 수 있음을 보여준다. 역설적이게도 인간은 보지 않을 때에만 볼 수 있는 존재이다. 우리가 '일상'에서 경험하는 권태와 지루함이 사실은 매우 위태로운 마개에 의해 겨우 봉합된 상태에 불과하다는 진실이 그것이다. 그러므로 이 시에서 낚시터는 삶과 죽음이 겹쳐진 구멍의 일종이다. 그것은 한편으로는 견고하다고 간주되는 상징질서의 세계이지만, 또 한편으로는 시시때때로 욕망의 모호한 대상이 출현하는 상징질서의 뚫린 구멍이다. 언젠가 라캉은 동음이의어 외상(trauma)과 구멍(trou)을 활용하여 실재적인 것이 구멍(troumatic) 속에 있다고 말한 적이 있다. 이 구멍으로 죽음의 얼굴들, 즉 시체들이 출몰할 때 우리의 현실은 심각한 추문에 빠진다.

현대의 정신분석은 실재(the real)가 상징화에 저항하며, 가장 중요한 사건들은 상징계와 실재계 사이에서 발생한다고 가르친다. 이것은 원초적인 분리와 거세에 의해 성립되는 상징질서의 내부에 상징화에서 벗어난 영역, 그러니까 삶 충동이 지배하는 세계의 밑바닥에 상징화에 의해 억압되고 배제된 죽음 충동이 자리하고 있다는 것을 뜻한다. 이것이 조동범의 시에서 삶의 공간이 점점 죽음의 공간으로 바뀌어 가시화되는 이유이다. 그러니까 「소멸」은 낚시터라는 삶의 공간을 죽음의 공간으로, 죽음 충동이 지배하는 구멍의 세계로 포착하는 과정을 보여주는 작품이라 할 수 있다. '바닥'을 향해 맹렬히 사라져가는 저수지, 그것은 점차 죽음에 근접해가는 일상적 시간인 것이다. 마침내 모든 것이 비워져 저수지가 바닥이 되었을 때, "황폐한 수면은 바닥을 드러내며 온통 경악을 금치 못했다/ 저수지의 바닥에는 썩지도 않고 부패하는 물고기가 지천으로 끔찍했다"처럼 우리가 목격하게 되는 것은 삶-저수지의 이면에 은폐되어 있던 죽음-저수지의 모습인 것이다.

죽음의 세번째 얼굴 : 유령, 주검 없는 죽음

죽음이 '시체'라는 주검의 형태로 표상되는 것은 현대성이 낳은 신화에 불과하다. 죽음의 시적 상관물인 시체가 매우 잔혹한 방식으로 부패되거나 훼손당한 채로 묘사될 때, 우리는 죽음이 환기하는 공포와 역겨움을 획득하는 대신 죽음의 문제성을 영원히 잃어버리게 된다. 조동범의 시가 보여주는 것은 죽음의 끔찍함이 아니라 사소함("죽음은 사소했으므로", 「격발의 순간과 명징한 감각」)이며, 그것이 생명의 자연적인 소멸과정이 아니라 사건 사고에 의해 급작스럽게 도래하는 현대적인 생의 단절이라는 것이다. 시인은 사건 사고에 의해 도입되는 시간의 단절을 통해서 삶과 죽음의 경계가 매우 불확정적이며 임의적이라는 것, 그렇기 때문에 타인의 죽음을 목격하는 우리의 시선 역시 매스컴의 그것처럼 매우 객관화되어 있음을 드러낸다. 죽음은 더이상 애도나 슬픔의 대상이 아니다. 그것은 텔레비전과 신문을 통해서 고지되는 뉴스일 뿐이며, 그런 한에서 정보의 일종으로 처리된다. 한낱 정보로 변해버린 이 죽음들에서 비극적인 냄새를 맡을 수 없는 것은 그것이 '정보'라는 형식으로 방부 처리되어 있기 때문이다. 게오르그 짐멜은 현대인은 외부 환경에 대해 감정적인 반응이 아니라 지적인 반응으로 일관함으로써 외부 환경의 흐름이나 그 모순들에 의해서 삶이 위협받는 상황에 대해 방어 메커니즘을 만들어낸다고 말했다. 도시적 삶의 태도로서의 무관심이 바로 그것이다. 죽음을 비극적인 존재적 사건이 아니라 정보의 일종으로, 따라서 어떠한 감정의 동요도 없이 그저 응시되어야 할 대상으로 처리하고 있는 조동범의 시편들은 이러한 시선의 무관심에 의해 현대적인 죽음이 정보의 일종으로 전락하고 있는 상황을 보여준다.

조동범의 시에서 '죽음'은 생의 급작스러운 단절을 증명하는 동시에, 일상과 죽음의 확정 불가능한 경계를 드러낸다. 현대적인 죽음, 그러니까 온갖 사건 사고의 위험 속에서 영위되는 삶이란 생의 시간이 죽음의 그림자를 껴안고 흘러가는 것임을 의미한다. 이 경우 생의 안정적인 시간은 죽음의 그림자에 시선을 빼앗기지 않는 한에서만 유지된다. 우리는 죽음에의 공포를 망각하는 동안에만 삶에 집중할 수 있는 것이다. 일상적 시간에 함입되어 있는 이 죽음의 공포를 환기하기 위해서 반드시 죽음이 '시체'의 형상을 필요로 하는 것은 아니다.

유령이 나타났다
유령은 지하주차장의 어둠을 뚫고 서서히, 오래된 적막강산을 드러냈다
유령은 세련된 슈트를 입고 있었으므로 누구도 유령을 유령이라 생각하지 못했다
순백의 셔츠는 빛이 났고 매끈하게 빗어 넘긴 머리카락은 한없이 단정했다

유령이 나타났다
정갈한 구두와, 구두의 단호하고 명징한 소리와 함께, 유령이
나타났다.
잠들지 못한 몇몇 사람이 깨어 있었지만 누구도 유령을 눈치채지 못했다
유령을 따라 밤의 마지막과 새벽의 시작이 서성댔다
유령은
흔적도 없이 이 마을에서 저 마을로
이 세계에서 저 세계로 나타났다 사라지곤 했지만
누구도 유령을 본 사람은 없었다

유령이 나타났다
유령이 나타난 것은 하현과 상현을 가르는 그믐이었다
그믐의 이십사 시 햄버거 하우스에 앉아
유령은
햄버거를 먹고, 음악을 듣고, 천천히 햄버거 하우스의 이 층 계단을 내려와

신도시의 중심을 향해 걸어갔다
지하도를 지나, 횡단보도의 푸른 신호등을 지나,
이십사 시 불가마와 이십사 시 감자탕을 지나,
유령은
이 세계에서 저 세계로 이동중이었고……

사고가 있었다

길을 건너던 유령의 머리에서 천천히 피가 흘러나왔다
유령의 다리가 무섭고 고요하게 떨렸지만
유령은 슈트를 입고 있었으므로 숨을 거두기까지 누구도 유령을 본 사람은 없었다
몇 장의 현장 체증 사진과
도로 위에 단단하게 그어진 순백의 흔적이 선명했지만
그것은 이내 전설이 되어갈 뿐이었다

지하 역사의 불이 켜지고 가로등이 소등되었다
지난밤의 유령은 어느 곳에도 명백하지 않았다
평범한 사건과 평범한 사고가 이어졌고
무수히 많은 슈트와 구두가 도시를 뒤덮었다
유령이 숨을 거두었다는 소문이 돌았지만 유령은 도처에서 나타났고
또 나타났다

여전히 유령을 본 사람은 없었고
유령을 보려 한 사람 역시 없었지만

햄버거 하우스 이 층 창가에 앉아
피를 흘리며 햄버거를 먹고 있는
유령이,
유령이, 나타났다
—「유령」 전문

'유령'은 물질성을 상실한 죽음, 즉 주검 없는 죽음의 표상이다. '유령'은 이미 죽었으나 충분히 죽지 못해 살아서 돌아온 존재이며, 존재하지만 현존하지 않는다는 점에서 현재의 시간에 균열을 만들어내는 존재이다. "시간이 이음매에서 어긋나 있다"라는 햄릿의 유명한 대사처럼, 유령적 존재의 귀환은 삶과 죽음의 '사이'라는 새로운 시간성을 불러들인다. 유령은 온전한 삶도, 죽음도 아니므로 궁극적으로 그들 모두를 불가능하게 만든다. 유령은 신체를 소유하고 있지 않지만 신체 없이도 '존재'한다. "떠나지 못한 죽음"(「설원의 장례」)인 유령의 영토는 삶과 죽음의 모호한 점이지대이다. 유령의 아이러니는 그것이 비가시적인 대상("누구도 유령을 본 사람은 없었다")이면서도 시시때때로 출몰("유령이 나타났다")한다는 데 있다. 유령은 반복해서 출몰한다, 그것도 시간과 장소를 가리지 않고. 유령은 "지하주차장"에도 나타나고, "이십사 시 햄버거 하우스"에도 출몰하며, 심지어 흔적도 없이 "이 마을에서 저 마을로/ 이 세계에서 저 세계로" 나타났다 사라지기를 반복한다. 유령은 항상 "이 세계에서 저 세계로 이동"하고 있지만, 그렇다고 완전히 '저 세계'에 속하지도 않는다. 유령의 본질은 삶과 죽음이라는 두 항을 앞에 놓고 제기되는 물음, 즉 '이것이냐 저것이냐'라는 정체성 물음을 불가능하게 만드는 데 있다.

"평범한 사건과 평범한 사고"는 유령의 탄생에 있어 필요충분조건이다. 우리는 매일매일 도시의 곳곳에서 발생한 크고 작은 사건 사고를 접하며 살아간다. 지난밤의 교통사고를 알리는 간선도로의 표지판, 조간신문에 실려 집으로 배달되는 사망 기사, 그리고 인터넷을 통해 실시간으로 중계되는 사건 사고는 더이상 새롭지 않다. 조동범 시의 특징은 이러한 사건 사고들이 대부분 문명이나 기계장치에 의해 발생된다는 것을 부각시키는 데 있다. 그의 시에서 도시는 삶의 편익을 증진시키는 문명들로 채워진 빛의 제국이 아니라 인간의 삶을 돌연한 위험에 처하게 만드는 거대한 죽음의 디스토피아이다.

죽음의 네번째 얼굴 : 죽음 없는 죽음

문명이 장악한 도시가 거대한 죽음의 디스토피아를 상징하고, '유령'이 일상적으로 발생하는 사건 사고에 의해 생산되는 신체 없는 죽음을 표상한다면, 죽음 없는 죽음을 상상하는 것도 불가능하지만은 않을 것이다. 먼저, 이 상상이 도시라는 인공 낙원의 어두운 이면 때문에, 디스토피아적 세계에 잠재되어 있는 위험의 일상성 때문에 가능한 것임을 밝혀두자. 도시 문명에 대한 묵시록적 비전이라고 말할 수 있는 이러한 장면들에서 죽음은 신체의 물질성은 물론 죽음이라는 사건의 발생 없이도 얼마든지 생겨날 수 있다. 현대를 사유하는 철인(哲人)들의 주장처럼 선진화된 근대성에서는 부의 사회적 생산에 정비례하는 위험의 사회적 생산이 수반된다. 이 경우 위험은 전통적인 사회의 불안요소, 즉 질병이나 가난과는 성격이 다르다. 오늘날 많은 사람들에게 문제가 되는 것은 굶주림이 아니라 비만이 아닌가. 이것은 결국 과학적 합리성의 증가가 더 많은 위험을 초래하며, 지금 한 사회의 위험요소들은 대개 산업적 과잉생산에 기초하고 있다. 문제는 기술적 선택의 폭이 커지고 과학적 합리성이 증가될수록 위험이 증가한다는 것, 그리고 그 위험 자체를 제거하는 것이 불가능하다는 사실이다. 하여, 우리 사회는 이미 위험지위와 계급지위가 반비례하는 과정에 들어섰다.

> 사무실을 나서는 남자의 어깨 위로
> 늙은 개와 썩은 생선 통조림으로 가득한 죽은 나무의 거리가 피어오른다.
> 남자는 가방을 든 채,

하수구를 향해 맹렬히 쏟아지는 썩은 생선을 바라보고 있다.
뻥 뚫린 생선의 주둥이는 죽은 나무의 가지에 걸려 몸속의 내장을 게워내고 있다.
남자의 신발 속으로 생선의 내장이 비릿하게 들어선다.
남자의 가방은 썩은 생선의 대가리로 가득 찬다.
말라죽은 나무와 썩은 생선의 거리를 지나 남자는
검은 버스를 타고 검은 구두의 집으로 돌아간다. 집으로 돌아가는 남자를 바라보며 늙은 개는 더러운 밤을 뒤적인다.
남자는 검은 전등을 켜고 검은 샤워를 하고 어둡고 오래된 냉장고의 식욕 속으로 걸어들어간다. 남자의 식사가 검은 전등불 아래에서 검게 빛난다.
남자는 검은 커튼을 치고 검은 TV를 켠 채 오래되고 익숙한 검은 날의 밤을 맞이한다.
남자의 검은 밤이 무수히 지나간다.
남자는 여전히 늙은 개와 썩은 생선 통조림으로 가득한 거리를 지나
검은 구두의 집으로 돌아간다.
남자의 식탁은 오래된 냉장고의 식욕으로 빛났지만 누구도 검은 전등불 아래에서의 식사를 본 사람은 없었다.
남자의 검은 밤과 검은 낮이, 무수히 지나간다.
남자의 검은 TV는 언제나 켜 있고
검은 구두의 현관 앞은 검은 신문으로 넘쳐흐른다.
검은 신문에서 검은 활자가 쏟아졌지만 아무도 그것을 본 사람은 없었다.
검은 현관이 열리는 것을 본 사람도 없었다. 썩은 생선이 담긴 남자의 가방이 검은 구두의 현관으로 들어서는 듯도 했지만 그것의 냄새를 맡은 사람 역시 없었다.
검은 구두의 현관 너머에선 언제나
검은 TV의

검은 노래와
검은 코미디와
검은 쇼가
쉬지 않고 새어나왔다.
검은 TV와 신문이 도래한 날들이 시작되었다.
—「검은 TV와 신문의 날들」 전문

이 시는 현대 문명의 묵시록이다. 이 시에서 '죽음'은 남자로 통칭되는 현대인들의 가장 가까운 곳에 위치하고 있다. 집과 사무실을 왕복하는 남자의 일상적 동선을 살펴보자. 사무실을 나선 남자는 "말라죽은 나무와 썩은 생선의 거리"를 지나, "검은 버스를 타고 검은 구두의 집"으로 돌아가, "검은 전등을 켜고 검은 샤워"를 한다. 그는 "검은 커튼"을 친 상태로 "검은 TV"를 시청하다가 "검은 날의 밤"을 맞이한다. 이 남자의 다음날이 '검은' 세계와 무관하게 흘러갈 가능성은 어디에서도 발견되지 않는다. 이 시에서 남자는 '검은'이라는 형용사와 연결되지 않은 유일한 대상, 즉 죽음의 직접적인 대상은 아니지만, 모든 '검은' 것들에 포위된 상태에서 살아간다는 점에서 '검은' 죽음의 그림자에 연결되어 있다. 하여, 이 시는 남자의 죽음에 대한 직접적인 진술 없이도 죽음의 효과를 충분히 보여주고 있는 셈이다. 물론, 이 검은색들의 카니발 속에서 미래에의 전망이나 내일에 대한 희망을 발견할 수 있다고 믿는 것은 어리석은 일이다.

조동범의 시에서 '죽음'은 현대 문명이 존재하는 곳이라면 어디에나 있다. 그것은 걸스카우트 소녀들이 머무는 "야영지의 밤"(「걸스카우트」)에도 있고, "현대인을 위해 특별히 제작된 산책 코스"(「행복한 산책 풀코스 이용법」)에도 있으며, 카니발이 행해지는 "축제의 밤"(「카니발」)에도 있다. 심지어 그것은 축복처럼 크리스마스 캐럴이 흘러나오는 "라디오"(「크리스마스 캐럴」)에도 있고, "놀이동산으로 가는 길은 싱그러운 비명으로 가득"(「롤러코스터를 타는 밤」)처럼 롤러코스터를 타러 가는 놀이공원과 그곳에서 펼쳐지는 퍼레이드에도 있다. 죽음은 죽음의 장소를 벗어나 이미 삶의 공간을 향해 흘러넘친다.

죽음의 다섯번째 얼굴 : 죽음의 세계성

이제, 하나의 죽음이 남았다. 이 다섯번째 죽음은 '문명'의 이면으로서의 죽음이라는 묵시록적인 비전과는 조금 성격이 다르다. 이 죽음에 '세계성'이라는 이름을 부여하기로 하자. 시인은 이미 첫 시집부터 도시 문명의 이면에 은폐되어 있는 죽음의 불모성과 황량함을 발굴하는 작업을 거듭해왔다. 그리고 그 작업의 범위는 예외적인 경우를 제외하면 '도시'의 범위를 벗어나지 않는 것이었다. 그런데 이번 시집에서 '죽음'은 이따금씩 한 사회 또는 일정한 공동체의 경계를 뛰어넘은 곳에서 목격되기도 한다. 이것은 '죽음'이라는 현대성의 징후가 비단 문명에 의해 장악된 대도시에서만 발생하는 사건이 아니라 지구 전체로 확장되고 있는 보편적인 현상의 하나임을 의미한다. 가령 시인은 커피 열매를 따는 소년의 붉은 손목(「오늘의 커피」)에서 황량한 삶을 발견하며, 남태평양의 어느 바다에서 발견된 보트피플의 비극적인 죽음(「보트피플」)을 통해서 난파된 삶의 위태로움을 보여주기도 하고, 접경지대에서 발견된 유골을 통해서 평화의 허구성(「접경」)을 폭로하기도 한다. 또한 "돌아갈 수 없는, 접경의 밤"(「캠프」)을 통해서 삶의 위기가 지구 전체를 짓누르고 있음을 드러내고, 「가자Gaza」에서는 "무덤 속의 소녀"를 등장시켜 죽음의 보편성을 지구 전체로 확장시키고 있다. 그러므로 "마지막 총성이 울리자 그것으로 끝이었다"(「국경의 밤」)라는 짧은 진술이 함축하고 있는 죽음의 다섯번째 얼굴은 죽음의 메타포를 이용하여 지구 전체를 동시대성으로 묶어보려는 기획의 일환으로 보인다.

'죽음의 세계성'이라는 관점에서 보면 '죽음'은 도시만의 전유물이 아니며, 마찬가지 이유에서 한 국가의 경계선 안에서만 벌어지는 특별한 사건도 아니다. 도시 문명이 건재한 모든 곳에 '죽음'이 있듯이, 인간이 존재하는 모든 곳에는 또한 '죽음'의 정령이 깃들어 있다. 보트피플, 캠프, 가자, 국경의 밤…… 이것들은 극한의 또다른 이름들이다. 공동체 안에 존재하지만 결코 공동체의 일원으로 셈해지지 않는 타자들, 그리고 서로 다른 공동체의 경계선이 맞닿아 만들어진 세계 아닌 세계, 그리하여 어떠한 공동체의 권위도 도달할 수 없는 지점이 바로 극한이다. 현대 세계에서 이 극한은 폭력이 가장 극단적인 방식으로 자행되는 한계점이기도 하다. 그곳을 통치하는 사람들의 양심 외에는 달리 호소할 어떤 것도 없는 세계, 시인은 바로 이 한계 상황에서 영위되는 인간들의 비참한 삶과 죽음을 통해서 출구를 잃어버린 현대 세계의 절망감을 읽어내고 있는 것이다. 죽음의 정령에 대한 푸닥거리, 우리는 그것을 '삶'이라고 부르지만, 공동체의 외부에 존재하는 극한은 또한 '죽음'의 공간이기도 하다. 삶과 죽음이 더이상 분리되지 않는 곳, 그리하여 죽음이 일상적인 삶의 일부분이 되어버린 세계, 이 죽음의 세계성에 대한 발견이 조동범의 시에서 죽음의 다섯번째에 해당한다.

조동범 1970년 경기도 안양에서 태어나 줄곧 그곳에서 성장했다. 2002년 문학동네신인상에 「그리운 남극」 등 5편의 시가 당선되어 작품활동을 시작했다. 시집으로 『심야 배스킨라빈스 살인사건』이 있으며, 산문집 『나는 속도에 탐닉한다』와 문학평론집 『디아스포라의 고백들』을 펴냈다.

문학동네시인선 010
카니발

초판 인쇄 2011년 09월 30일
초판 발행 2011년 10월 10일

지은이 | 조동범
펴낸이 | 강병선
책임편집 | 김민정
편집 | 정세랑 이수영
디자인 | 수류산방(樹流山房)
저작권 | 김미정 한문숙 박혜연
마케팅 | 신정민 서유경 정소영 강병주
온라인 마케팅 | 이상혁 한민아 장선아
제작 | 안정숙 서동관 김애진
제작처 | 영신사(인쇄) 용산PUR(제본)

펴낸곳 | (주)문학동네
출판등록 | 1993년 10월 22일 제406-2003-000045호
주소 | 413-756 경기도 파주시 문발동 파주출판도시 513-8
전자우편 | editor@munhak.com
대표전화 | 031) 955-8888
팩스 | 031) 955-8855
문의전화 | 031) 955-8890(마케팅), 031) 955-2656(편집)
문학동네카페 | http://cafe.naver.com/mhdn

ISBN 978-89-546-1606-5 03810
값 | 10,000원

* 이 도서의 국립중앙도서관 출판시도서목록(CIP)은 e-CIP 홈페이지(http://www.nl.go.kr/ecip)에서 이용하실 수 있습니다. (CIP 제어번호 : CIP 2011004035)
* 이 시집은 2008년도 경기문화재단의 문예진흥기금을 지원받았습니다.

www.munhak.com
문학동네